好看的经典丛书
第三辑

金 银 岛

〔英〕
罗伯特·斯蒂文森
著

张友松
译

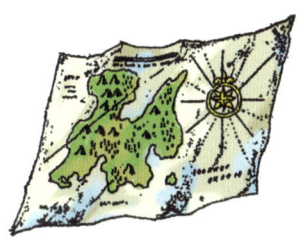

人民文学出版社
PEOPLE'S LITERATURE PUBLISHING HOUSE

图书在版编目（CIP）数据

金银岛 /（英）罗伯特·斯蒂文森著；张友松译．—北京：人民文学出版社，2022
（好看的经典丛书）
ISBN 978-7-02-017611-3

Ⅰ．①金… Ⅱ．①罗… ②张… Ⅲ．①长篇小说—英国—近代 Ⅳ．① I561.44

中国版本图书馆 CIP 数据核字（2022）第 222260 号

策划编辑　王瑞琴
责任编辑　翟　灿
装帧设计　刘　远
责任印制　张　娜

出版发行　人民文学出版社
社　　址　北京市朝内大街166号
邮政编码　100705

印　　刷　三河市延风印装有限公司
经　　销　全国新华书店等

字　　数　150千字
开　　本　880毫米×1230毫米　1/32
印　　张　10.25　插页3
印　　数　1—5000
版　　次　2015年9月北京第1版
印　　次　2022年12月第1次印刷

书　　号　978-7-02-017611-3
定　　价　42.00元

如有印装质量问题，请与本社图书销售中心调换。电话：010-65233595

目 录

第一部　老海盗

第1章　投宿"本卜司令"客栈的老水手　　3
第2章　黑狗的来踪去影　　13
第3章　黑牒　　23
第4章　海客的提箱　　32
第5章　瞎子的下场　　42
第6章　船长的密件　　51

第二部　船上的厨师

第7章　我到布利斯托去　　63
第8章　"望远镜"客栈　　71
第9章　弹药和武器　　81

第10章	航行	89
第11章	我在苹果桶里听到的话	98
第12章	军事会议	107

第三部　海岸探险

第13章	海岸探险开始	117
第14章	第一个回合	126
第15章	岛上奇人	135

第四部　木　寨

第16章	放弃大船的经过	147
第17章	小船的最后一趟行程	154
第18章	第一天战斗的结果	161
第19章	木寨里的要塞	169
第20章	西尔弗的使命	177
第21章	袭击	187

第五部　我的海上历险

第22章	我是怎样开始海上历险的	197

第23章	在退潮中	206
第24章	独木舟的漂流	215
第25章	我扯下了海盗旗	223
第26章	伊斯雷尔·汉兹	231
第27章	西班牙八字银角	243

第六部　西尔弗船长

第28章	在敌营中	255
第29章	又一次黑牒	266
第30章	假释	276
第31章	探宝——弗林特的指针	285
第32章	探宝——树林中的声音	295
第33章	匪首的末日	304
第34章	结局	313

献　给
劳埃德·奥斯本

　　下面的故事就是按照这位美国绅士纯正的趣味构思的，以报答和他在一起度过的一大段快乐的时光。

作者——他的挚友——

怀着最善良的愿望谨题

第一部 老海盗

第1章

投宿"本卜司令①"客栈的老水手

屈劳尼大老爷、利弗西大夫和其他几位先生叫我把关于金银岛的全部详细情节写下来,只有这个岛的方位不要说明——因为岛上还有些财宝没有发掘出来——我就在纪元17××年动笔,从我父亲开设"本卜司令"客栈和那位带刀伤疤痕的棕色老水手初次在我们店里投宿的时候写起。

回想起当年的情景,仿佛还是昨天的事情一般。老水手拖着沉重的脚步,缓慢地走到客栈门口,身后跟着一辆手推车,载着他的水手提箱。他是个身材高大、体格强壮、面色黑黄、心情沉重的大汉;一条油光光的发辫②拖在他那件肮脏的蓝色外衣上;双手粗糙,带着创疤,污黑的指甲裂了口子;一边脸上有一道刀伤的铁青色疤痕,显得很脏。我记得他向小海湾四

---

① 本卜司令(1653—1702),英国海军名将,在对法战争中屡立奇功;曾获海军少将衔,任舰队司令,并以身殉职。小客栈用他的名字做店名,表示对他的崇敬。
② 当时的水手有留辫子的风尚。

面张望,同时吹着口哨,然后突然放声唱出他后来常唱的那首老水手的歌——

　　十五条好汉同在死人箱①上——
　　哟嗬嗬,快喝一瓶酒!

老调高亢而发颤,这种歌声似乎是在推动船上的绞盘棒的时候配合着劳动的节奏形成的。随后他便用随身带着的一根木杠似的棍子在门上敲了几下。我父亲应声出来,他便粗声粗气地叫我父亲拿一杯朗姆酒来。他接过送来的酒,慢慢地喝着,像是一个行家似的品尝着,津津有味,同时还向海边的悬崖张望,又抬头看看客栈的招牌。

"这个小湾倒是挺方便,"他终于开口说话了,"这小酒店开在这个地方,也怪叫人欢喜的。伙计,顾客多吗?"

我父亲告诉他说不多,客人少得很,真是太晦气了。

"哦,那么,"他说道,"我在这儿住下正好。喂,伙计,"他向推手推车的人喊道,"就停在这儿,给我把箱子搬进来。我要在这儿住几天。"他接着说:"我是个随随便便的人;只要有酒和咸肉、鸡蛋就行了,那个山头上还可以望见船只走过呢。你问怎么称呼我吗?就叫我船长好了。啊,我知道你们在指望

---

① "死人箱"是一个小岛的名字。

他接过送来的酒,慢慢地喝着,像是一个行家似的品尝着,津津有味,同时还向海边的悬崖张望,又抬头看看客栈的招牌。

着什么——喏,"他随手往门口扔下三四个金币,"等这些钱花完了的时候,你们就告诉我好了。"他凶狠地说道,神气得像一个长官。

说实在的,他穿得虽然很破,说话也挺粗,看样子却不像一个普通的水手,而像个大副或是船长,惯于使人服从或是动手打人。推手推车的人告诉我们说,前一天早晨,驿车把他载到"乔治王"旅馆门前,他下车就问海边一带还有哪些小客栈,一听说我们这个小店名声还好,而且又很清静,就选中了这个地方落脚,没有上别处去住。我们对这位客人就只能了解到这些。

他这个人不爱说话。他整天在海湾一带游来荡去,或是在高崖上走动,手里拿着一个黄铜架子的望远镜;晚上他就坐在大厅里靠近火旁的一个角落,喝着很浓的朗姆酒。人家和他讲话,他多半都不搭理,他只是突然露出一副凶相,鼻子里喷出一股气来,响声很大,就像吹雾角一般。因此我和常上我们店里来的人们不久也就知道,只好随他的便。每天他出外游荡回来,总要问一问,是否有航海的人从这里经过。起初我们以为他是希望有同行的人和他做伴,才提出这个问题。后来我们才渐渐明白,他是想回避他们。每逢有个海客在"本卜司令"客栈投宿(这种人来住店的,随时都有,他们是沿着海岸到布利斯托去的),他在进入大厅之前,总要先从门帘外面往里看,只要有那样的客人在场,他准是一声不响,像只耗子似的。对我来说,这桩事情至少算不了什么秘密;因为我可以说是和他一同提心吊胆的。在这以前,有一天他把我拉到一边,悄悄地吩咐我时常注意侦察一个独腿的水手,只要这个人出现,马上就告诉他;他答应每月一号给我四便士。每到月初,我去找他要这点钱,他往往只哼哼鼻子,朝我瞪眼,把我吓住。可是还不到一个星期,他就改了主意,把那四个便士拿给我,又对我叮嘱一番,叫我注意那个"独腿的水手"。

那个怪人常在我的梦中出现,那情景不用我说你也会想到。在狂风怒号的夜里,屋里每个角落都被风震动了;海涛在小湾一带和高崖上冲击,响声如雷。这时候我就会看见他现出各种奇形怪状,做出各式各样的凶相。有时候他的腿是在膝部切断的,有时候是在大腿上切断的;有时候他是一个生来就只有一条腿的大怪物,这条独腿是长在身子正中的。我看到他跳过篱笆和水沟,紧追着我,那真是最可怕的噩梦。为了每月挣这四个便士,我在这些可恶的幻觉中付出的代价实在是够大的了。

我虽然被我想象中的这个独腿水手的形象吓得要命,但是我对船长本人却远不如别的和他相识的人那么畏惧。有些夜晚,他喝的掺水的朗姆酒太多,脑子受不了,他便独自坐着,唱他那些邪恶而狂野的古老水手歌曲,把谁都不放在眼里;可是有时候却又叫些酒来,请所有的人都喝,还强迫那些发抖的同伴听他讲故事,或是叫大家跟他合唱。我常常听到满屋响彻"哟嗬嗬,快喝一瓶酒"的歌声;所有的邻居为了保命,都参加合唱，歌声之高，一个赛过一个，为的是免得挨剋。因为在他狂性大发作的时候，他是全场最专横的角色。他拍着桌子不许大家说话；如果有人提出问题，或是有时候谁也不声不响，他都会大发脾气，认为那是大家没有用心听他的故事。他也不许任何人离开这个小店，一直要到他喝得醉醺醺，跌跌撞撞地上床睡觉的时候，才算了事。

　　他讲的故事都是特别吓人的。那可真是些可怕的情节，无非是描绘把人吊死和叫人走跳板①的事情，还有海上的风暴，以及名叫干托图格斯的珊瑚礁和西班牙海面②的一些狂暴行为和出事的地点等。照他自己的叙述看来，他一定是在海上最凶恶的歹徒中厮混过。他讲那些故事所用的语言，几乎也像他所描绘的种种罪恶行为一样，把我们这些纯朴的乡下人吓得要死。我父亲常说我们这个小店会完蛋，因为人们老受这个专制魔王的压制，回去睡觉的时候也是战战兢兢的，大家也就不会再来光顾我们了。可是我却实在相信他在我们这儿住下，对我们是有好处的。人们起初虽然被他吓坏了，可是事后回想起来，却又很喜欢那个味道，因为在我们那种安静的乡村生活当中，能有一些令人兴奋的事情调剂调剂，确实是挺痛快的。甚至还有

---

① 走跳板，一种海盗处死俘虏或同伙的刑罚，办法是逼着被处死的人在一条伸出海面的木板上往外走，让他掉到海里淹死。
② 西班牙海面，指南美洲北部海岸包括加勒比海一带的海域；因为那些地方原来是属于西班牙殖民主义者的，故有这个名称。

一些小伙子偏要假装很敬佩他，称他为"老牌的水手"和"真正的海上英雄"，以及诸如此类的惊人的称呼，还说他才真是那种能使人感到英国在海上的威力的好汉。

从一方面看来，他确实很有毁灭我们的可能；因为他一星期又一星期地住下去，后来竟至一月又一月地留在这儿，结果他付的那点钱早已花光了，我父亲却还不敢再向他索取膳宿费。如果他一旦提起，这位船长就会哼着鼻子发出很大的响声，听起来好像他在怒吼一般；他再一瞪眼，就把我父亲吓跑了。我看到父亲碰了钉子之后，无可奈何地扭着双手；我想他在那种苦恼和恐惧中过日子，一定是促使他过早地含恨而死的原因。

这位船长在我们那儿住的时候，一直没有换过衣服，只从一个小贩那儿买过几双袜子。他的帽子有一边的卷角折断了，他从此就老让它耷拉着，尽管刮风的时候挺不方便，他也不在乎。我还记得他那件上衣的样子，他自己在楼上把它补了又补，直到后来，终于尽是补丁了。他从来没有写过信，也没有收到过信；除了邻居而外，他从不和别人谈话，而且就连他和邻居们交谈，也只有在喝醉了的时候。他那只水手提箱，我们谁也没有看到他打开过。

他只碰过一次钉子，那是我父亲的病情大为恶化，终于丧了命的最后阶段的事情。有一天后半下午，利弗西大夫来给我父亲看病。我母亲给他做的饭，他只吃了一点，就到大厅里去抽烟,等着他的马从村庄上过来,因为我们这个老"本卜"店里没有马房的设备。我跟着走进店里,现在还记得当初这位整洁而爽朗的大夫假发上敷着雪白的粉①,一双黑眼睛生气勃勃,态度和蔼可亲;他和我们那些少见世面的乡下人形成鲜明的对照;特别是我们店里那个稻草人似的肮脏而郁闷的、烂眼的海盗,醉醺醺地坐在那儿,两只胳臂放在桌上,他和那位大夫对比之下,就更是截然不同了。忽然,他——就是我们那位船长——又高声唱起他那首永远唱个没完的歌来了:

十五条好汉同在死人箱上——
哟嗬嗬,快喝一瓶酒!
其余的人都让酒和魔鬼送了命——
哟嗬嗬,快喝一瓶酒!

起初我猜想"死人箱"就是他放在楼上的前房里那只大箱子,这个念头和我在噩梦中看见的那个独腿水手的印象搅混在一起了。可是这时候我们大家都早已不怎么注意这首歌了;那天晚上,除了利弗西大夫,谁也不觉得那有什么新奇了。我看出这首歌没有引起他的好感,因为他正在和老园丁泰勒讨论一种医治风湿病的疗法,便为歌声的搅扰而生气,抬头望了一眼,才

---

① 男人戴假发,上敷白粉,是当时的风尚。

继续谈下去。船长对他自己的歌越唱越起劲，后来终于在桌上拍了一下，我们都知道那意思就是——安静点儿。大家都住嘴了，唯独利弗西大夫没有理睬。他仍然用清晰而和善的口气继续往下说，每说一两句就轻快地抽两口烟。船长怒视了他一会儿，又拍了一掌，眼睛瞪得更凶，最后终于用下流的脏话大声骂道："住嘴，嘿，狗日的！"

"你是对我说的吗，先生？"大夫问道。这浑蛋又骂了一声，并说明是对他说的，大夫就回答说："我只有一句话要告诉你，先生。你要是老像这样喝酒，世界上很快就会少掉一个最下流的浑蛋！"

那老家伙的怒火简直是吓人。他猛跳起来，抽出一把水手的折刀，把它拉开，放在手掌上掂着，看样子是想把大夫猛刺一刀，钉在墙上。

大夫连动也不动。他转过头去对那恶棍说——声调还是像原来一样，嗓门比较高，好让全屋的人都听见，但语气十分沉着而坚定——

"你要是不马上把你的刀放回口袋里，我敢保下次巡回审判就会处你绞刑，准没错。"

双方互相瞪了一阵眼，可是船长随即就服输了，收起了他的武器。他回到自己的座位，发出一阵表示怨恨的嘟哝声，活像一只挨了揍的狗一般。

"喂，先生，"大夫继续说道，"现在我知道我这个地区有这么个坏蛋，我就会日日夜夜盯住你。我不光是一个大夫，还是个地方法官。我要是听到有人控告你，哪怕只是为了今天晚上这样的无礼行为，我也会采取有效的措施，把你逮捕起来，驱逐出境。话就说到这儿！"

　　过了一会儿，利弗西大夫的马来到了门口，他就骑着走了。可是那天夜里，船长倒是老老实实，不声不响了，后来许多天晚上也是这样。

第 2 章

黑狗的来踪去影

此后不久，发生了一些神秘事件，使我们终于摆脱了这位船长。你以后就会知道，他的事情并没有了结。第一次事件发生在一个严寒的冬天，长期霜冻很重，还刮着暴风。一开始就可以明显地看出，我那可怜的父亲不像是能够见到春天了。他的病情一天比一天严重，我母亲和我不得不料理店里的一切事情。我们实在忙得够呛，因此对这位讨厌的客人就伺候得不大周到。

那是一月的一天清早——一个寒气刺骨、霜冻很重的早晨——小海湾一带到处结着浓霜，一片灰白，微波轻轻地拍着岸边的岩石，太阳刚刚升起，只照到小山的顶上，晨光射向海面。船长比平日起得早一些，他顺着海滩往前走，腰间挂着的短刀在他那件蓝色旧上衣的宽边下面摆来摆去，黄铜架子的望远镜夹在腋下，帽子在头上向后歪戴着。我记得他往前迈步的时候，口里呼出的气拖在他身后，像是一溜白烟。他转过一座大岩石时，我听到他的最后的声音就是哼着鼻子表示愤怒的响声，看来他心里还在对利弗西大夫怀恨呢。

母亲正在楼上陪着父亲，我在摆着早餐的餐具，准备船长回来。正在这时，大厅的门开了，只见一个汉子走进来，我从来没有见过这个人。他面色苍白，左手缺两个指头；他虽然带着一把短刀，却不大像一个会打斗的角色。我一直都在注意当水手的人，不管是一条腿或是两条腿的；这个人却使我莫名其妙。他没有水手的派头，可是多少还是有点曾经漂洋过海的味道。

我问他需要干什么，他说要喝朗姆酒；我正待出去给他拿酒，他却在桌旁坐下，做了个手势叫我到他身边去。我在原地站住，手里拿着餐巾。

"过来，好孩子，"他说，"再过来点儿。"

我走近了一步。

"这份早餐是给我的伙伴毕尔预备的吗？"他略带嘲弄的神气问道。

我回答说我不认识他的伙伴毕尔；这份早餐是给我们店里住的一位客人预备的，我们管他叫船长。

"噢，"他说，"我的伙伴毕尔让人家称呼他船长，大概是吧。他的一边脸上有一道刀伤；他的神气怪有趣，特别是喝醉了的时候，毕尔就是这么个人。为了叫你相信，我还可以说明白一点，你们那位船长的一边脸上有一道刀伤——你要是愿意的话，我还可以再说明白一些：伤疤在右边脸上。啊，行啦！我给你说清楚了。我的伙伴毕尔在这屋里吗？"

我告诉他说，他出去散步了。

"往哪边去了，好孩子？他往哪边走的？"

我给他指出那座大岩石，还说船长大概会从哪边回来，还得多大工夫，又回答了几个别的问题；他就说："啊，真凑巧，这对我的伙伴毕尔说来，估计会像喝酒一样痛快。"

他说这些话的时候，脸上的表情一点也不愉快。我暗自想，估计这个陌生人可能是弄错了，即使假定他说的是实话。可是我又想到，这不关我的事，再则我也不知如何是好。这个陌生人老在小客栈门外转来转去，向拐角的地方东张西望，好像一只猫等着捉耗子似的。有一次我走到大路上，他马上就把我叫回来，我还没来得及立即照办，他那张苍白的脸上就突然露出可怕的神色；他大骂了一声，叫我进来，这可把我吓了一跳。我刚走回来，他马上就恢复了原来的姿态，半似讨好、半似挖苦地拍着我的肩膀，说我是个好孩子，他很喜欢我。"我也有个小儿子，"他说，"和你长得一模一样，他可真是我的心肝宝贝呀。不过孩子们最要紧的事就是听话，小家伙——要听话呀。嘻，你要是和毕尔一同在海上过惯了的话，就不会站在那儿，让我吩咐你第二回——真的。毕尔可不是那样，同他一道漂海的人都不会那样。嘿，准没错，那不就是我的伙伴毕尔吗，胳臂下面夹着个望远镜，谢天谢地，准没错。好孩子，你和我赶快回到大厅里去，藏在门背后，吓他一跳——谢天谢地，我再说一遍。"

这个陌生人边说边和我一同退进大厅,他把我推到角落里,我们俩就这样藏在门背后了。我很不自在,也很惊慌;同时我看出这个陌生人显然也很害怕,这就更增加我的恐惧。他把短刀的把儿拉了一下,把刀刃在刀鞘里松一松;我们在那儿等着的时候,他嘴里一直在咽唾沫,仿佛我们常说的那样,嗓子眼里卡着一块什么东西,咽不下去似的。

后来船长大踏步走进来,随手关上了门,并没有朝两边望一眼,就直接朝我给他摆好了餐具的桌子走去。

"毕尔!"陌生人喊道,我听他那声调,觉得他是故意壮着胆子说话似的。

船长就地转过身来,面对着我们。他满脸的棕黄色突然全不见了,连他的鼻子也发青。他仿佛见到了鬼或是魔王,或是世上见不到的更可怕的怪物似的。老实说,我看到他忽然变成一副衰老的病相,真是难过。

"喂,毕尔,你还认得我吧。你当然还认得同船的老伙计喽,毕尔。"陌生人说道。

船长似乎是透不过气来了。

"黑狗!"他惊喊道。

"还能是别人吗?"对方显得沉住了气,回答道,"正是黑狗,还没有变,特地上这'本卜司令'客栈来拜望他的船友毕尔。啊,毕尔,毕尔,自从我失去了这两根爪子以后,咱俩还见过多次面呢。"他一面说着,一面伸出那只砍断了两根指头的手来。

"喂,好吧,"船长说道,"你总算把我找到了;冤家路窄,没什么了不起。嘿,干脆说吧,你打算怎么样?"

"你倒是条好汉,毕尔,"黑狗回答道,"你做得对,毕利①。我要叫这孩子拿杯酒来,这孩子我可真喜欢呢。你要是愿意,咱们就坐下来,光明正大地谈谈,还像老船友一样嘛。"

我把酒拿出来的时候,他们已经在船长的餐桌两边就座——黑狗坐在靠门口那边,是侧身坐着,为的是要把一只眼睛盯住他的老船友,另一只我估计就是盯住自己的退路。

他叫我走开,让门敞着。"你可别偷看呀,好孩子。"他说。我就离开他们,让他们在一起,随即就到酒吧间去了。

过了很久,我虽然尽量听着他们谈话,却除了低声的唠叨,什么也没听见;可是后来他们的声音渐渐大起来,我便隐约听得出一两句话,主要是船长的叫骂。

"不,不,不,不,咱们一刀两断!"他大喊一声,然后又说,"哪怕要被处绞刑,也得大伙儿一齐上绞架,我告诉你。"

随后突然爆发出一阵可怕的骂声和别的响声——桌椅板凳掀倒成一堆,接着就是刀剑相斗的声音,然后又听到一声惨叫;我马上就看见黑狗飞奔而逃,船长在后面紧追,两人都举

---

① 毕利是毕尔的昵称。

着拔出的刀子；黑狗的左肩上淌着血。正在门口，船长向逃跑的黑狗猛砍一刀；要不是我们"本卜司令"客栈的大招牌挡住了，准会把那个倒霉鬼劈成两半。直到现在，你还可以看见招牌底下那个缺口。

砍了这一刀之后，这场搏斗就结束了。黑狗尽管受了伤，他逃到大路上，还是像脚板上抹了油似的，溜得飞快，不过半分钟，就绕过山边，不见踪影了。再说船长呢，他站在门口，瞪着那块招牌，好像是气疯了似的。然后他把一只手在额头上擦了几下，终于转身回到屋里去了。

"吉姆，拿酒来。"他说道。他一面说着，身子摇晃了一下，一只手扶住了墙。

"您受伤了吗？"

"拿酒来。"他又说了一遍，"我得离开这儿才行。酒！酒！"

我跑去拿酒，可是刚才出的乱子使我心里发慌，我摔破了一只杯子，把酒吧间的柜台也弄脏了。我还在极力镇静下来的时候，却听见大厅里有人倒下，发出很大的响声；我进去一看，便看见船长挺直地躺在地板上。同时我母亲因为听到叫喊和搏斗的声音，大为吃惊，也跑下楼来帮我的忙。我们两人合力把他的头抬起来。他粗声地喘着气；眼睛却紧闭着，脸色吓人。

"哎呀，哎呀！"我母亲喊道，"这店里真倒霉啊，你那苦命的父亲还在害病哪！"

这时候我们简直想不出什么办法来救救船长，总以为他是同那个陌生人打斗的时候受了致命伤，没想到别的。我当然把酒拿来了，还想给他灌进嘴里去；可是他却牙关紧闭，像铁铸的一般。我们正在为难的时候，偏巧利弗西大夫开门进来，要给我父亲看病，恰好给我们解了围。

"啊，大夫，"我们喊道，"这可怎么办？他伤在哪儿？"

"什么伤？瞎扯！"大夫说，"他就像你我一样，什么病也没有。这个人中了酒疯，我早就警告过他了。喂，霍金斯太太，你赶快上楼去照顾你丈夫，尽可能别给他提这儿的事。我呢，尽力挽救这个罪该万死的家伙的狗命；吉姆，你去给我端个盆来。"

我端着盆回来的时候，大夫已经撕开了船长的袖子，把他那只健壮的大胳臂露出来了。那上面有几处刺了花纹："好运气""一帆风顺""毕尔·波恩斯的爱好"，这些都是精巧而清晰地刺在前臂上的；肩膀附近刺着一幅草图，绘出一副绞架，下面吊着一个人——我看是很费了一些气力刺成的。

"这是他自己下场的预兆，"大夫用手指点一点这幅草图，说道，"喂，毕尔·波恩斯先生，假如这是你的名字，我们就要看看你的血是什么颜色。吉姆，你怕不怕血？"

"不怕，先生。"我说。

"好吧，那么，"他说道，"你就端着这个盆子吧。"一

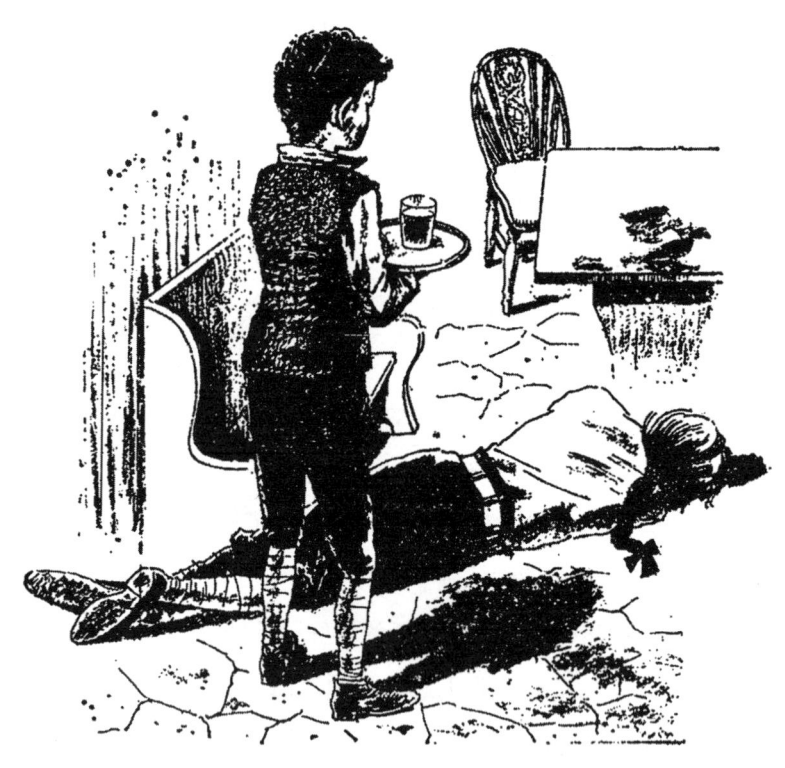

我还在极力镇静下来的时候,却听见大厅里有人倒下,发出很大的响声;我进去一看,便看见船长挺直地躺在地板上。

面说,一面取出他的刺血针,剥开一条血管。

放了许多血之后,船长才睁开眼睛,迷迷糊糊地向四周望了一望。他首先认出了大夫,明显地皱皱眉头。随后他就瞥了我一眼,才露出了快慰的神色。可是忽然他的脸色又变了,他想支起身子来,一面喊道:

"黑狗在哪儿?"

"这儿没有什么黑狗,"大夫说,"只有你自己心里糊涂了。你刚才喝多了酒,中了酒疯,我早就警告过你;刚才我才把你从坟墓里拽出来,这实在是我很不情愿做的事情。喂,波恩斯先生——"

"那不是我的名字。"他插嘴道。

"我才不管那些。"大夫回答道,"这是我认得的一个海盗的名字;为了简便,我就用来称呼你。现在我要对你说的只有这么几句话:你喝一杯酒醉不死你,可是你喝了一杯,还会喝第二杯、第三杯;我老实告诉你吧,你要不马上戒绝,就会丧命——你明白吗?——就会死掉,回老家去,像《圣经》里说的那个人一样。喂,使一把劲儿。这回我搀着你上床去。"

我们俩费了老大劲儿,才勉强把他抬上楼去,放在床上。他的头往枕头上一靠,仿佛要晕过去似的。

"喂,你千万记住。"大夫说道,"说良心话——酒这东西,对你来说,就是个索命鬼。"

他说了这句话,便挽着我的胳臂,去看我父亲。

"这不算什么。"他刚关上门,便说道,"我给他放了不少血,暂时会安静一阵。他得在那儿躺一个星期——这个办法对他和你们都是最合适的;可是他要是再中酒疯,那可就完蛋了。"

第 3 章

黑　牒①

大约在中午的时候,我在船长房门口站住,给他送去一些冷饮和药品。他大致还是像我们把他留在那儿的时候那么躺着,只是稍微坐起了一点;看他的神情,似乎是虚弱而又兴奋。

"吉姆,"他说,"这儿只有你才是对我有点用处的人;你知道我一向是对你挺好的。没有哪一个月,我不给你一只四便士的银角子。可是小伙子,现在你瞧瞧,我是挺倒霉的,谁也不理睬我。吉姆,你给我拿点酒来,好吗,小伙子?"

"大夫说——"我开始搭腔。

可是他打断我的话,骂起大夫来;声音微弱,却有一股兴奋的神气。"当大夫的全是些笨蛋,"他说,"你们这儿那个大夫,嘻,他对航海的人懂得个什么?我到过火焰山那么热的地方,伙伴们害了黄热病,东一个西一个倒下了,那个可怕的地方就像地震的海面上那样一起一伏——这种地方,当大夫的懂

---

① 黑牒是海盗吓唬自己的对手所下的通牒,限期叫对方做某件事情。他们用的纸条一面涂上黑色,一面写字,因此叫作"黑牒"。

得个什么？——再说我是靠喝酒过日子的，说实话。这对我来说，就等于吃喝和男女的事全包在一起了。现在要是不让我喝酒，我就会像一只避风的破船似的，我气极了就会要你的命，吉姆，也要那个笨蛋大夫的命。"接着他又破口大骂了一阵，"喂，吉姆，我烦得要死，你瞧我的手指头老是这样颤动。"他用乞求的口气继续说道，"我没法叫它不动呀，真的。今天太倒霉，我一滴酒也没尝到。大夫是个傻瓜，说真的。吉姆，我要是喝不到一口酒，就会犯疯病；我已经看见一些怪物了。我看见老弗林特，就在你背后那个旮旯里；看得一清二楚，准没错。我本来是个过惯了粗野日子的人，我要是犯了疯病，那就会闹翻了天。你们那个大夫自己说过，喝一杯酒对我没什么害处。你只要给我一小杯酒，吉姆，我就给你一块金几尼①。"

他越说劲头越大，这使我为我父亲担心；他那天病情很重，需要安静；同时船长提到大夫说过的话，我倒是放了心，可是他要贿赂我，却使我不大高兴。

"你的钱我一个也不要，"我说，"我只要你欠我父亲的钱。我给你拿一杯酒来，再多可不行。"

我给他把酒拿来的时候，他贪婪地接过去，一口就喝光了。

"好，好，"他说，"这倒是好一点，真的。喂，小伙子，大夫说过我还得在这个老地方躺多久吗？"

---

① 几尼，英国过去的一种金币，一几尼比一英镑多值一先令。

"至少一个礼拜。"我说。

"天哪!"他惊叫道,"一个礼拜!这可办不到:过那么久,他们就会给我送黑牒来了。这伙毛头小子在这个见鬼的时刻,就会到处打听,探出我的下落;这伙毛头小子连自己弄到手的钱财都保不住,却要打别人的主意,想把别人的财宝弄到手。你看,这能算是航海的好汉的行为吗,我请问?可是我是个爱节省的人。我从来不浪费自己的钱财,也没有失掉过;我得再耍他们一手。我可不怕他们。我要再摆脱一个险滩,小伙子,我要再捉弄他们一回。"

他一面这么说着话,一面从床上吃力地坐起来,他使劲揪住我的肩膀,把我掐得很痛,几乎使我叫喊起来;同时他挪动着双腿,仿佛那是有两根大铁棍那么大的分量似的。他的话虽然很有意义,显得精神挺足,可是他说话的声音却很微弱,很不相称。他在床边上改成坐的姿势之后,便不再动了。

"那个大夫可把我害苦了,"他低声抱怨道,"我的耳朵里嗡嗡地响,还是让我躺下吧。"

我还没来得及帮他多少忙,他就倒下去恢复原来的位置了;他躺了一会儿,没有作声。

"吉姆,今天你看见那个海客没有?"他终于问道。

"黑狗吗?"我问道。

"啊!黑狗,"他说,"他是个坏蛋;可是还有些唆使他的家伙比他更坏呢。现在我要是没办法躲开,他们要

是把黑牒给我送过来,你可得注意,他们要找的东西就是我那只旧水手箱子;那你就骑上马——你会骑,是不是?噢,那么,你就骑上马,去找——唔,行,我打定主意了!——去找那个十足的笨蛋大夫,叫他把所有的人手召集起来——地方法官等等——在'本卜司令'客栈把他们那一伙一网打尽——老弗林特那一伙,不管是大人和孩子,凡是活着的都一包在内。我是大副,真格的,是老弗林特的大副,只有我一人才知道那个地方。他躺在床上,就像我现在这样,在萨凡纳临死的时候把那个地方告诉我的。可是他们如果不给我送黑牒来,你要是没有再见到黑狗,或是那个一条腿的水手,你就别去告发,吉姆——最要紧的就是他。"

"可是什么叫黑牒呀,船长?"我问道。

"那是一种通知,小伙子。他们要是把它拿来了,我就告诉你。可是你千万要注意盯住呀,吉姆,我赌咒要和你平分那些财宝。"

他又东拉西扯了一会儿,声音更微弱了。可是我把药拿给他,他像个小孩子似的吃下去,一面吃药一面说:"要是航海的人也得吃药的话,那可只有我这一个。"随即他就昏昏沉沉地睡着了,我也就离开了他。要是一切都顺手,我还是不知道该怎么办。也许我应该把这桩事情通通告诉大夫;因为我吓得要死,怕的是船长后悔不该跟我说那些实话,会要把我干掉。可是偏巧发生了意外的事故,那天晚上,我那可怜的父亲忽然去世了；这么一来，一切别的事情就全都顾不上了。我们自然感到的悲伤、邻居们的吊唁、丧事的安排，还有店里的生意也得照常料理，这就把我忙得要命，简直没工夫想起船长，更不会害怕他了。

第二天早上，他当然就下楼来了。他照常吃饭，可是吃得很少，喝的酒却恐怕是比平日多了一些，因为他自己到卖酒的柜台去取酒，一面绷着脸，一面喷着鼻子，谁也不敢阻拦他。在举行丧礼的前一天晚上，他照常喝得烂醉。在那吊丧的屋里，听到他不断地唱那支难听的老航海歌，真是吓人；可是他尽管很衰弱，我们却都对他怕得要死。偏巧大夫忽然要到几英里以外去出诊，我父亲死后，他从来没上我们这一带来过。我说船长身体衰弱，他也确实是不像恢复健康的样子，而是越来越衰弱了。他爬上楼去又下来，从大厅里到酒吧间，又走回来；有时候他扶着墙向门外探出头去耸着鼻子闻闻海上的气味，急促地喘着气，像一个爬上陡山的人似的。他从来不特地和我打招呼，我相信他大概是忘记他给我说过的那些保密的话了。可是他的脾气却更加喜怒无常；估计这是因为他身体衰弱，便比一向更暴躁了。现在他喝醉了的时候，有一种吓人的举动，就是拔出短刀，摆在他面前的桌上。可是尽管如此，他却是更不把别人放在眼里，仿佛是一心苦思冥想、六神无主似的。比如有一次，有一件事使我们极为惊奇：他忽然唱出一支不同的调子，那是一种乡村的情歌，大概是他在青年时期开始过海上生活以前学到的。

事情就是这样过了一些日子，直到出殡后那一天，在一个严寒、浓雾和霜冻的下午，大约三点钟，我在门口站了一会儿，心里充满了对我父亲的哀伤，忽然看见一个人沿着大路慢慢地走过来。他显然是个瞎子，因为他轻轻地敲着一根手杖引路，眼睛和鼻子上面还戴着一个绿色大遮阳帽。他是个驼背子，似乎是因为年老或是体弱吧；身上穿着一件带兜帽的破烂水手上衣，这就使他显出一副十分奇怪的样子。我一辈子没有见过比他更可怕的角色。他在离小客栈很近的地方站住，怪声怪气地朝着他面前的空中拉开嗓门喊道：

"有哪位好心的朋友肯指点指点我这个可怜的瞎子吗？我是为了捍卫祖国的神圣事业丧失了双眼的宝贵视力的——乔治王万岁！——请问我现在在什么地方？在本国的哪一部分？"

"你在黑山海湾'本卜司令'客栈门口，大爷。"我说。

"我听见有人说话，"他说，"是个小伙子的声音。好心的小朋友，请你帮个忙，伸手引着我进去，好吗？"

我伸出手去，这个可怕的、声调温和的瞎子马上就紧紧地抓住我的手，像一把老虎钳似的。我吓得要命，便挣扎着想脱身；可是这个瞎子只用他的胳臂拉了一下，就把我拽到他身边了。

"喂，孩子，"他说，"把我带进去找船长。"

"先生，"我说，"说实话，我可不敢。"

"啊，"他冷冷地说道，"这我知道！你马上带我进去，要不我就扭断你的胳臂。"

他一面说着，一面使劲扭我的胳臂，我大声惊叫起来。

"先生，"我说，"我这是为你着想呀。船长可不像过去那样。他坐着的时候，老是把短刀拔出来，放在身边。还有一位先生——"

"喂，快点，走。"他打断了我的话；我从来没听到过像那个瞎子的声音那么冷酷而难听的声音。那比我的疼痛更使我害怕；我马上就开始顺从他，一直从门口朝着大厅走进去，我们那个有病的老海盗就坐在那儿，醉醺醺的。瞎子紧紧地靠拢我，用一只铁手把我揪住，侧着身子，把他一身的重量压在我肩上，我简直承担不起。"一直把我引到他面前，等他看得见我的时候，你就喊一声：'这儿有个朋友来找你，毕尔。'你要是不干，我就这样。"他这么说着，就狠狠地扭了我一下，这一扭，使我顿时觉得快要晕倒了。在这紧张的时刻，我被这个瞎眼的家伙吓坏了，也就忘却了我对船长的畏惧；我一推开大厅的门，就用颤抖的声音照瞎子的吩咐喊出了那句话。

可怜的船长抬起头来，只看了一眼，他的酒劲就消失了，结果他就清醒过来，瞪着眼睛望着。他脸上的表情与其说是由于恐怖，还不如说是由于要命的疾病。他动弹了一下，想要站起来，可是我不相信他身上还剩下了那么多的力气。

"喂，毕尔，你就在原处坐着吧，"那家伙说道，"我虽然看不见，却连一只手指头动一下也能听得见。公事公办。伸出你的右手来。小伙子，你揪住他的右手腕子，把它拉到我的右手这儿来。"

我们两人都完全顺从了他的话，我就看见他从他拿着手杖的那只手心里取出一件东西，塞到船长的手掌里，船长立刻就把它攥住了。

"好吧，手续完毕了。"瞎子说道。他一面说着，忽然把揪住我的手松开，迅速地跳出大厅，跑到大路上，他的动作之准确和敏捷，实在是惊人。我一动不动地站着，还听得见他嗒嗒嗒嗒地在路上敲着手杖，走向远方。

过了一会儿，我和船长才像是恢复了知觉。我一直还在握着他的手腕；可是大约在同一时刻，我松开了手，他把手也缩回去，瞪着眼睛望着手心。

"十点钟！"他喊道，"六个钟头。咱们还来得及对付他们。"随即他就一跳，站起来了。

正在他站起来的时候，忽然身子摇晃了一下。他伸手按在嗓子上，站着左摇右摆了一会儿，然后发出一声怪叫，全身挺直地倒在地上。

我立即向他跑过去，一面叫我母亲来。可是忙了一阵，还是无济于事。船长突然中了风，一命呜呼了。这倒是一件稀奇的事情,其实我一向不喜欢这个人,只是近来才渐渐有点怜恤他,可是我一见他死了,却禁不住哭了一场。这是我第二次见到死人,头一次的悲伤还在心头,印象很新呢。

第 4 章

海客的提箱

当然,我赶快就把我所知道的一切告诉我母亲,也许我早就应该告诉她了。现在我们马上就看到自己所处的困难和危险的境地。这个人的钱——如果他有钱的话——肯定有一部分是我们应得的;可是我们这位船长的伙伴们,特别是我所看到的那两个怪物,黑狗和瞎眼的家伙,不见得会放弃他们的赃物,不把它拿去抵偿死者的债务。船长叫我立刻骑马去找利弗西大夫,可是那就会把我母亲独自留在家里,没人保护;我决不能考虑这个办法。事实上,我们两人似乎是谁也不能在这屋里再待多久了。厨房的炉火里木炭的响声,甚至连钟摆的嘀嗒声,都使我们心里充满惊恐。在我们听来,附近一带仿佛到处都有脚步声。我一时看着大厅里的地板上躺着船长的尸体,一时想象着那个可恶的瞎眼鬼就在近处转来转去,准备再回来,在这中间就有些时刻,照俗话说,我简直吓得心惊肉跳。必须赶快打定主意才行;后来我们终于决定到邻近的一个小村里去求救。拿定了这个主意,马上就实行了。我们虽然都光着头,却立刻就在暮色苍茫和霜冻的迷雾中跑出去了。

那个小村子虽然还看不见,却不过在几百码以外,在邻近的海湾的另一边。幸好我们所走的方向与那个瞎子来时的方向相反,估计他大概是回到原处去了,这倒是大大地鼓起了我的勇气。我们在路上还只走了不多的几分钟,有时却还是停下来,互相搀扶着,静听一会儿。可是并没有什么特殊的声响——只有细浪拍打崖岸的低沉响声和林中的乌鸦呱呱的叫声。

我们到达那个小村子的时候,家家户户已经点灯了。我看到门里和窗户里射出来的黄色光线,那股高兴的劲儿,真是一辈子忘不了;可是事实却证明,我们在那带地方所能得到的帮助也就不过是如此而已。因为谁也不同意跟我们一同回到"本卜司令"客栈去——你想必会觉得那里的人们真该感到羞愧。我们越向他们申述我们的苦难,他们——无论男女老少——反而越不肯离开家里,只图保住自己。弗林特船长的名字,虽然对于我还是生疏的,他们那儿却有些人相当熟悉了,这就使他们感到非常害怕。除此之外,还有些男人到离"本卜司令"客栈较远的那边去干农活的时候,还记得他们曾经看见大路上有几个陌生人,他们估计那些人是走私犯,便连忙溜掉了;至少有一个人看见我们叫作"猫窝"的地方有一只三桅小船。只是因为有了这些情况,凡是船长的伙伴就能把他们吓得要死。归根到底,我们虽然找到几个人愿意骑马朝着另一个方向到利弗西大夫那儿去报信,却始终没有一个人肯帮助我们守卫客栈。

人家都说胆怯是有传染性的,可是另一方面,讲明道理却能使人壮胆。那些人各自发表了意见之后,我母亲就给他们讲了一番话。她声明,应该归她这死了父亲的孩子得的钱,她不愿意失掉。她说:"要是你们其余的人谁也不敢跟我们回去,吉姆和我却敢去。我们就像来的时候一样回去,那就不感谢你们这些胆小如鼠的大个子好汉了。我们就把那只箱子打开,哪怕是牺牲生命也不在乎。克拉斯莱太太,谢谢你借给我那只口袋,我们就用它把合法的钱装回来。"

我当然说我愿意和我母亲一同回去;他们当然是齐声大嚷,说我们太冒失了。可是即使到了这时候,还是没有一个人肯和我们同去。他们所愿意做的,只是借一支装上了子弹的手枪给我们,以防遭到袭击;另外还答应借给我们两匹装好鞍子的马,这是防备我们回来的时候有人追上来的。同时还派一个孩子骑马上大夫那儿,请求武装人员的援助。

我们俩在寒冷的夜里动身去干这件冒险的事情的时候,我的心跳得厉害。圆圆的月亮正在升起,穿过雾气上面的边缘,射出红光来窥探着,这就使我们更加急速前进,因为在我们重新回来以前,显然会是大亮的时候了;我们离开客栈的行动,就会被任何监视的人看得一清二楚了。

我立刻把门闩弄开,喘着气在黑暗中站了一会儿,独自一人和死者的尸体待在一起。然后我母亲从酒吧间柜台上取了一

我立刻把门闩弄开，喘着气在黑暗中站了一会儿，独自一人和死者的尸体待在一起。然后我母亲从酒吧间柜台上取了一支蜡烛过来，我们互相握着手，走进大厅。

支蜡烛过来,我们互相握着手,走进大厅。他还是像我们离开他的时候那样躺着,眼睛睁着,一只胳臂伸向一边。

"快放下百叶窗吧,吉姆,"我母亲低声说道,"他们可能会来,在外面监视我们。"我把百叶窗放下以后,她又说:"那么,咱们得从这家伙①身上把钥匙取出来;我可不知道,谁敢动他一下!"她说这句话的时候,发出了抽噎的哭声。

我马上就跪下了。地板上紧靠他那只手的地方,有一张卷着的小纸片,一面是涂黑了的。我毫不怀疑,这就是那张黑牒。我把它拿起来,在正面看到这么一道简短的通知:限你在十点钟办妥。字体端正而清晰。

"限他十点钟呀,妈。"我说。我正说这话的时候,我们的老时钟开始响了。突然的钟声使我们大为震惊;可是消息倒是挺好,因为才只六点钟。

"好吧,吉姆,"妈说,"快找那把钥匙。"

我在他的衣袋里摸索,一个又一个地找。有几个小钱币、一只顶针,还有些线和大针,一支细条的卷烟,咬掉了一截,他的弯把儿小刀,随身带的指南针,还有一只火绒盒,这就是几只口袋里全部的东西。于是我开始绝望了。

"也许是挂在他的脖子上吧。"我母亲提醒道。

我克制了一阵强烈的厌恶心理,撕开了他的衬衫领口。果

---

① 指毕尔·波恩斯的尸体。

然不错,他脖子上挂着一根油污的细绳,我用他的小刀把它割断,就拿到了那把钥匙。我们取得这次成功,便充满了希望;随即就连忙跑上楼去,片刻不停地跑进他住过很久的房间里。他的提箱自从他来到以后,就一直放在那儿。

从外表看来,这只箱子也像任何别的水手提箱一样,顶上有一个烙铁烧成的"波"字,箱角上有些破损,大概是长期使用、猛推猛甩的结果。

"把钥匙给我吧。"我母亲说。锁虽然很不灵活,她却在眨眼之间把它扭开,掀开了箱盖。

箱子里发出一阵刺鼻的烟草和柏油气味,可是上面除了一套刷得干干净净、叠得整整齐齐的好衣服而外,什么也看不见。我母亲说,这套衣服从来就没穿过。衣服底下摆着许多杂七杂八的东西——一具四分仪,一只小锡酒杯,几支卷烟,两支挺漂亮的手枪,一根银条子,一块西班牙表,还有几件不值钱的小玩意儿,多半是外国货,一副黄铜框子的罗盘,还有五六个西印度群岛的稀奇贝壳。后来我常常想起,他在那种被人追逐的流浪和犯罪的生活中,为什么要老带着那些贝壳。

同时我们除了那条银子和那些小玩意儿之外,并没有找到什么值钱的东西,可是连那两样东西也都不合我们的心意。下面放的是一件船上穿的旧斗篷,那是在许多港口的沙洲上让海水浸白了的。我母亲很烦躁地把它掀开,底下就有箱子里的最后一件东西出现在我们眼前——油布裹着的一个小包，好像是一些文件的样子，还有一个帆布袋，动了它一下，就发出金子的叮当响声。

"我得让这些坏蛋知道，我是个诚实的女人。"我母亲说，"我只要自己应得的一份，一个钱也不多拿。把克拉斯莱太太的口袋拿来。"于是她就从船长的帆布袋里数出他欠我们的账款，放到我撑开的口袋里。

这是一件很费时间的麻烦事情，因为那些钱币各国的都有，大小也不同——有西班牙的都布隆①、法国的路易金币②、英国的几尼金币和西班牙的八字银角③。我不知道另外还有些什么，通通乱七八糟地放在一起。几尼金币是其中最少的一种，我母亲却只懂得用这种钱币计算。

我们干到半截的时候，我忽然伸手按在我母亲的胳臂上，因为我听到在外面的寂静和霜冻的空中有一阵响声，吓得我的心都要跳到嘴里来了——那是那个瞎子的手杖敲着霜冻的路面的响声。我们憋住气坐着，听见这阵响声越来越近。然后那根棍子猛敲客栈的门，随即我们就听到扭转门上把手的声音；这个坏蛋想要进来的时候，门闩发出嘎嘎的响声。随后就是长时间的一阵沉寂，里里外外都无声无息。然后敲门声又响起来了，结果这阵响声却又慢慢地消失，终于再也听不见了——这真使

---

① 西班牙古时的一种金币。
② 法国大革命前的一种金币，约合二十法郎。
③ 一种西班牙古银币。

我们出乎意料地高兴。

"妈,"我说,"咱们把它整个儿拿走吧。"因为我估计闩住的门准会引起怀疑,结果就会惹得大祸临头。可是幸亏我先把门闩上了;这时候我感到多么谢天谢地,这种心情,没见过那个可怕瞎子的人是不能体会的。

我们随即就一同摸索着下楼,留下那支蜡烛在箱子旁边点着。可是我母亲虽然很害怕,却又只肯拿到她所应得的钱,分文也不多要,同时又固执地不愿少拿应得之数。她说,还不到七点钟,差得远呢。她知道她的权利,而且要享受她的权利。我们正在争论的时候,就听见老远的小山上传来的一阵低声的口哨。这对我们俩来说,就够呛了,也许是太伤脑筋了。

"我把手头拿到的钱带走。"她跳起来说道。

"我拿着这个去抵账。"我拿起那个油布小包,说道。

我们随即就一同摸索着下楼,留下那支蜡烛在箱子旁边点着。接着我们就推开门,赶紧逃跑。我们走得一点也不算太早。雾气正在消散;月亮将高地上两边的空间照得很亮;只有小山谷正中的底部和客栈门口一带,才笼罩着一片薄雾的暗影,没有被月光划破,掩蔽着我们初步的脱逃。在通向那个小村子的路上,还不到一半路,离山脚稍微过去一点的地方,我们就一定会走到月光底下。不但如此,我们已经听见几个人跑过来的脚步声了;我们回头往他们那边一望,就看见一道光左摆右摆,而且还在迅速地前进,这就可以看出,那些新来的

人当中，有一个是打着灯笼的。

"哎呀，"我母亲忽然说道，"你把钱拿去，快跑。我快晕倒了。"

我心想，我们俩肯定都要完蛋了。我大骂那些胆小的邻居，也责怪我母亲太老实，又贪心，还怪她原先太冒失，现在又太软弱了。

幸亏我们恰好走到了那座小桥上；我母亲虽然东歪西倒，我还是搀着她走到岸边。到了那儿，她果然就叹了一口气，倒在我的肩上。我不知是哪儿来的力气，居然挺住了；恐怕是使了一股蛮劲吧。好歹我总算把她拽到了岸边的底下，离桥拱很近的地方。我再也不能挪动她了，因为小桥太低，只能在桥下爬行。我们就只好这样待在那儿——我母亲几乎是完全没有隐蔽的；我们俩都听得见客栈那边的声音。

第 5 章
瞎子的下场

我的好奇心可以说是比恐惧心理还强烈；我在那儿待不住，又爬回岸上去，把头隐藏在一丛金雀枝后面，从那儿就可以看得清客栈前面大路上的情况。我刚在这地方稳住脚，我的敌人就过来了，总共有七八个人。他们跑得飞快，一路发出杂乱的脚步声；打着灯笼的人领先几步。有三个人手牵手在一起跑。虽然还有雾，我还是看得出三人当中的其中一个人就是那个瞎眼的家伙。随后他的喊声就证明我猜对了。

"把门砸开！"他喊道。

"哎，哎，先生！"两三个人回答道。接着他们就朝着"本卜司令"客栈猛冲过去；打灯笼的人跟在后面。随后我就看见他们站住了，还听见有人低声传过话来，似乎是他们发现门是敞开的，就吃了一惊。可是停住的工夫并不大，因为瞎子又发出了命令。他的声音更加响亮了，仿佛是他那急切和狂热的心情使他劲头十足似的。

"进去，进去，进去。"他大声叫嚷，还骂他们不该耽搁。

四五个人立即听从他的命令,其余两个人和那个可怕的家伙留在路上。一时没有动静,随后就有惊叫的声音,接着就听到屋里传来的喊声:

"毕尔死了!"

可是瞎子又骂他们不该耽搁。"搜他身上,你们这些没出息的笨蛋,总得有人动手呀,其余的人快上楼去,把箱子弄到。"他喊道。

我听得见他们往我们那道破旧楼梯上跑的脚步声,准是把那座房子都震动了。再过了一会儿,又发出了一阵惊叫声。船长住的房间的窗户砰的一声被推开了,还有碰破玻璃的响声。有个人伸出头来,在月光中露了面,脑袋和肩膀都看得见了。他对下面站在路上的瞎眼家伙说话。

"皮五,"他大声说道,"他们比我们先来过了。有人把箱子里的东西翻遍了,搞得乱七八糟。"

"那东西还在吗?"皮五大声吼道。

"钱还在。"

瞎子一听说钱就生气,又骂起来:"我说的是弗林特的手笔①。"他大声喊道。

"我们在这儿怎么也找不到。"那个人回答道。

"喂,你们在楼下的人听着,是不是在毕尔身上?"

---

① 指弗林特亲笔留下的金银岛方位图。

瞎子又大声问道。

另外一个人听到这句问话，便走到客栈门口来了。他大概就是留在楼下搜船长身上的。"毕尔身上已经有人搜过了，"他说，"什么也没有了。"

"那是店里的人干的——是那个孩子。我真后悔没把他的眼睛挖掉！"瞎子皮五嚷道，"他们刚才还在这儿——我推门的时候，他们早已闩上了。伙计们，快走，分路去找他们。"

"准没错，他们还把蜡烛留在这儿呢。"窗口上那个人说道。

"分路去找他们！先把屋里搜一遍！"皮五连声说道，一面把他的手杖在路上敲着。

接着就是我们那个老客栈里一阵忙乱，沉重的脚步声砰通砰通地来回直响，家具被推翻了，门被踢开了，直到山崖都发出了回声。那些人又一个接着一个出来了；他们站在路上，都说哪儿也找不到我们。正在这时候，我又清清楚楚地听到了一声口哨在夜空中传过来。这声音同上次我和我母亲清算死了的船长的钱的时候，使我们大吃一惊的那声口哨一样，不过这回连吹了两次。我本来以为那是瞎子吹的，好比是他的进军号，要发动他那伙人猛攻我们似的。可是后来我发现那是朝着那个小村子那边的山腰上发来的警报；从它对这帮海盗所起的作用看来，那是警告他们，马上就会有大祸临头。

"又是德克来了，"有个人说，"吹了两次！我们只好躲开，伙计们。"

"躲开呀，你这胆小鬼！"皮五喊道，"德克生来就是个傻瓜，是个孬种——你们可别把他放在眼里。他们准是离这儿很近了，不会太远。你们准能找到这份财宝。快走开，分路去找他们，狗杂种！啊，真急死人！"他喊道，"我要是有眼睛就好了！"

他这番鼓动的话似乎是起了一点作用，因为有两条汉子开始在那一堆乱七八糟的东西当中东张西望，可是我觉得他们有些半信半疑，一直都提防着自己的危险，而其余的人却站在路上，犹豫不决。

"你们准能把那千千万万的钱财拿到手，你们这些傻瓜，可偏要迟疑！你们只要把它找到了，就能像国王那样阔气。你们明知它就在眼前，却偏要站在那儿，不肯动弹。你们谁也不敢对付毕尔，只有我才敢——我这瞎子！我的大好机会就要断送在你们手里呀！我本来可以乘马车，却只好做一个走不动的可怜叫花子，向人家讨点酒喝！你们只要有一条小虫那样的胆量，那还是可以把他们捉到呀。"

"见鬼，皮五，我们已经拿到这些多布隆了呀！"有一个人嘟哝起来。

"他们可能把那个宝贝藏起来了。"另一个人说，"皮五，快把这些金币拿走吧，别在这儿大叫大嚷了。"

大叫大嚷倒是确实说对了，皮五对这些反对他的意见也就更加恼羞成怒。直到后来，他的火气完全占了上风，

他就举起手杖朝他们左右开弓,瞎打一气,棍子打得很响,还不止击中了一个人。

挨打的人又反过来大骂这个瞎眼的坏蛋,用一些刺耳的话吓唬他,还想抓住他的手杖,从他手里夺过来,可是没有夺到手。

这场争吵倒是使我们得救了;因为那些家伙还在吵得不可开交的时候,小村子那边的山顶上又传来了一阵响声——马队飞跑的蹄声。几乎在同一时刻,篱笆旁边砰的一声,响了一枪,发出一道光来。这显然是最后一次危险的信号;因为海盗们立刻就转身逃跑了。他们向四面八方分散,有人顺着海湾往海边跑,有人从小山上斜插过去,各自逃命,所以只过半分钟,除了皮五而外,他们就全都无影无踪了。皮五被大家抛弃了;那究竟是只因这伙人惊慌失措,还是他们挨了他的打骂,故意对他进行报复,我不知道。可是他就留在后面,疯了似的拄着拐棍,在大路上走来走去,一面摸索,一面呼喊他的伙伴。后来他拐错了弯,从我身边几步以外走过,朝着小村子那边,大声叫道:

"江尼,黑狗,德克,"还有一些别的名字,"你们可不能甩下老皮五呀,伙计们——可别甩下老皮五呀!"

正在这时候,马蹄声从山顶上传过来,月光中出现了四五个骑马的人,顺着山坡飞驰而下。皮五听到马蹄声,便知道自己走错了方向,他惊叫一声,转身就跑,一直朝着水沟冲过去,滚到沟里。可是他马上又站起来,再做一次猛冲。这回他完全乱了手脚,一直钻到最近的一匹马底下了。

骑马的人想要救他，可是来不及了。皮五惨叫一声，摔倒下去，喊声很高，响彻夜空。四只马蹄践踏着他，把他踢到一边，从他身边跑开了。他是侧身倒下的，后来慢慢地翻过脸贴着地，就再也不动弹了。

我跳起身来，呼喊那些骑马的人。他们总算勒住了马，看到这场惨剧，大为吃惊。我很快就看出了他们是什么人。在别人后面追随的就是小村里派去找利弗西大夫的那个小伙子。其余的人是缉私队的。他在半路上遇见了他们，便灵机一动，马上跟着他们往回走。关于"猫窝"发现了走私船的消息传到了缉私队长丹斯那里，当天晚上他就动身往我们这边来了。幸亏有了这桩凑巧的事情，我母亲和我才保住了性命。

皮五死了，完全断气了。至于我母亲呢，我们把她抬到小村里的时候，给她喝了些凉水，闻了点嗅盐，她很快就清醒过来了。她并没有因为受了惊感到不舒服，不过她还是为了拿到的钱数不够抵账，仍然有些心疼。缉私队长骑马继续前进，尽快赶到"猫窝"去。他率领的人不得不下马，摸索着走下山谷，有时牵着马走，有时还得挽着马走；心里还得随时提防遭到埋伏。因此他们赶到"猫窝"的时候，那只走私船已经开航了，不过还在近处。队长向船上喊话。有一个声音回答，叫他不要站在月光底下，否则就叫他吃颗黑枣儿；同时就有一颗子弹嗖的一声，紧擦着他的胳臂飞过。过了一会儿，那只小船就绕过海角，无影无踪了。丹斯先生站在那儿，照他自己的说法：

可是他就留在后面，疯了似的拄着拐棍，在大路上走来走去，一面摸索，一面呼喊他的伙伴。

"就像一条出水的鱼似的。"他唯一的办法就是派个人到B地去，通知缉私艇注意追捕。他说："那也是白搭。他们已经逃之夭夭了；这桩事情就此了结。"随即他又补了一句，"不过这回我收拾了皮五先生，倒是挺痛快呀。"因为这时候他已经听到我讲的故事了。

我和他一同到"本卜司令"客栈去，你无法想象一所房子被人捣毁，竟会搞成那样。这些家伙疯了似的搜捕我母亲和我的时候，连那座时钟也被他们摔下来了。虽然他们除了船长的钱袋和钱柜里的一点银币而外，实际上什么也没有抢走，我却马上就明白，我们是彻底毁了。丹斯先生眼看着这幅情景，简直不知这是怎么回事。

"你说他们把钱拿走了，是不是？那么，霍金斯，他们还要找什么财宝呢？更多的钱吧，我想是？"

"不，先生；我看不是钱。"我回答道，"先生，其实我已经把那玩意儿装进小口袋里了。说老实话，我很想给它找个稳当的地方保存起来。"

"当然喽，孩子；很对很对，"他说，"我可以替你保管，只要你愿意。"

"我是想，也许利弗西大夫——"我开始说。

"再好不过，"他高高兴兴地接上我的话头，"再好不过了——他是个绅士，又是个地方法官。我想起来了，我不妨亲自骑马去跑一趟，把这桩事情向他报告，或是告诉屈劳尼大老爷。现在一切事情已经了结，皮五老汉已经死了。我并不觉得遗憾，可是他反正是死了，人家只要有机会提出证词，就会歪曲这件事的真相，归罪于我这个为皇家税收尽职的缉私队长①。喂，霍金斯，说真的，只要你愿意，我就带你一道去。"

我深深地感谢他这番好意，我们就回到小村子里，马是停在那儿的。我把我的主意告诉我母亲的时候，大家都骑上马了。

"道格，"丹斯说，"你的马挺乖，就让这孩子骑在你背后吧。"

我上马之后，揪住道格的腰带，缉私队长立刻发出口令，一队人马就在大路上小跑着往利弗西大夫家里去了。

---

① 皮五是丹斯的马踩死的，所以丹斯担心有人控告他。但他知道小吉姆能证明他是无罪的。

第6章

船长的密件

我们一路骑得很快,一直赶到利弗西大夫家门口。整个房子前面都是一片漆黑。

丹斯先生叫我跳下马来叩门,道格让我踏着一只脚镫下来。女仆几乎是立刻就把门打开了。

"利弗西大夫在家吗?"我问道。

"不在家,"她说,"他下午回家来了,后来又上大老爷庄园去吃饭,晚上同他消遣消遣。"

"那么咱们就上那儿去吧,伙计们。"丹斯说。

这回因为路不远,我没有骑马,就揪住道格的脚镫皮带跑到大老爷住宅外面的大门口,再在月光下顺着那条落了树叶的长长的通道,直到庄园的一排白色房屋前面,两边还有古老的大花园。丹斯先生在这儿下了马,他带着我走过去,经过通报,就进屋里去了。

仆人引着我们走过一条铺着地席的过道,领到尽头的一间大书房里。书房四面摆满了书柜,上面陈设着一些半

身人像。大老爷和利弗西大夫就在书房里,衔着烟斗,在明亮的炉火两旁对坐着。

我从来没有这么近地见过大老爷。他是个身材高大的人,足有六尺多高,身围也和高度相称。他有一副爽快的、不拘礼节、随随便便的面孔,由于他常做长途旅行,满脸堆着饱经风霜的红彤彤的气色,还有些皱纹。他的眉毛很黑,随时掀动,这就使他显得有点脾气;可是你会觉得他的脾气并不坏,只是有点急性子罢了。

"请进,丹斯先生。"他说话态度庄重而谦和。

"你好,丹斯。"大夫点点头说道,"你好,吉姆小朋友。什么风把你吹到这儿来了?"

缉私队长直挺挺地站着,把整个故事讲了一遍,就像背书似的。

那两位先生把身子向前伸过来,互相望着,听得很感兴趣,又很惊奇,连烟都忘记抽了。可惜你没有亲眼看到那副神情。他们听说我母亲回客栈去的经过,利弗西大夫禁不住拍了一下大腿。大老爷大声喊道:"好样儿的!"他把他那根长烟斗在炉栅上猛敲一下,烟斗被敲断了。没等故事讲完,屈劳尼先生(你该还记得,这就是大老爷的名字)早就从座位上站起来,在屋里踱着大步,转来转去。大夫似乎是为了要听得更清楚一点,便摘下了敷了粉的假发,露出他那个剪得很短的黑发脑袋,样子实在显得难看。

丹斯先生终于把这个故事讲完了。

"丹斯先生,"大老爷说,"你是个很高尚的人。至于你骑马把那个狠心和凶暴的恶棍踩死了,先生,我认为那是做了一桩好事,就像踩死一只蟑螂一样。我看霍金斯这孩子也是个老实人。霍金斯,你按按那个铃子,好吗?丹斯先生应该喝点啤酒了。"

"那么,吉姆,"大夫说,"你拿到了他们要找的那个东西,是不是?"

"在这儿,先生。"我把那个油布包递给他,说道。

大夫把它仔细看了一遍,好像是手指头发痒,想要把它打开似的。可是他没有打开,便悄悄地把它放到衣袋里了。

"大老爷,"他说,"丹斯喝完了啤酒,当然就得去为皇家服务;可是我打算把吉姆·霍金斯留在这儿,到我家去过夜。你要是同意,我建议拿点凉馅饼来给他吃。"

"遵命,利弗西,"大老爷说,"霍金斯有功劳,还不只该吃凉馅饼。"

于是用人就拿来了一张鸽肉大馅饼,放在墙边的桌子上。我美美地吃了一顿,因为我实在饿得要命。丹斯先生又受到一番夸奖,终于被打发走了。

"那么,大老爷……"大夫说。

"那么,利弗西……"大老爷说。两人是同时说出口的。

"我先说,你再说吧,"利弗西大夫哈哈大笑地说道,"我想你总该听说过这个弗林特吧?"

"听说过他！"大老爷大声说道，"你问我是否听说过他吗？他是海上头号杀人不眨眼的大盗。和弗林特比起来，'黑胡子'①只能算是小巫见大巫呀。西班牙人怕他怕得要命，老实说吧，我有时候因为他是个英国人，还感到自豪呢。我在特立尼达海外亲眼看到过他的船帆，我乘的那条船上那个饭桶船长就往回开——嗐，老兄，开进西班牙港②了。"

"嗷，我在英国也听说过他，"大夫说，"不过我问的是，他有钱吗？"

"钱！"大老爷大声说道，"你听见那个故事了吗？除了钱，这些坏蛋还想找什么？他们除了想找钱，还有什么企图？他们宁肯不顾狗命来冒险，要不是为了钱，还想要什么？"

"这个问题，我们回头就知道了。"大夫回答道，"可是你简直性急得要命，又爱大叫大嚷，我一直插不上嘴。我要知道的是这个：假定我口袋里装着一个东西，可以作为一个线索，能够找到弗林特埋藏财宝的地方，那些财宝是否会值许多钱？"

"值多少钱吗，老兄？"大老爷大声说道，"那可是值得这么办：我要是有你说的那个线索，那我就在布利斯托码头准备一只船，把你和霍金斯带去；哪怕要找一年，也得把那些财宝找到。"

---

① "黑胡子"，英国中世纪有名的大海盗。
② 西班牙港，南美洲北部的特立尼达岛的首府,特立尼达现在和多巴哥合组成一个独立国。

"好吧，"大夫说，"那么，吉姆要是同意的话，我们就把这包东西打开。"他就把它放在面前的桌子上。

那包东西是用线缝着的，大夫只好把他的器械箱拿出来，用手术剪刀把线剪断。那里面装着两样东西——一个本子和一份封口的文件。

"我们先来看看这个本子吧。"大夫说。

在大夫打开那个本子的时候，大老爷和我一同从他的肩膀背后瞪着眼睛看，因为利弗西大夫好意地招呼我过去，享受检查那个本子的乐趣，我就离开刚才吃东西的小桌子走过去了。头一页上只有随便乱画的一些字，好像是有人为了消遣或是练习，用手里拿着的笔画成的。其中有几个字和刺纹一样：毕尔·波恩斯的爱好，还有威·波恩斯，大副、酒已完了、那是掌盘礁外面的事情。还画了些别的东西，多半都是些单词，看不懂是什么意思。我不禁有些纳闷：上面所说的"那"是什么意思？"事情"又是指的什么？也许是他背上让谁戳了一刀吧，很可能。

"这儿看不出什么名堂。"利弗西大夫继续往下翻，一面说道。

下面的十几页上记满了一些稀奇古怪的账目。每行的前头记的是日期，另一头记的是一笔钱数，就像通常的账簿一样。可是二者中间写的却不是账目摘要，而是一些数目不同的十字。比如1745年6月12日有一笔七十镑的款项，显然是欠某人的，可是账上只画了六个十字，说明来由。当然有些地方加了地名，如"加拉加斯"之类；再不然就是记着经纬度，如 62°10′20″、19°2′40″ 等。

这份账目记了将近二十年之久，时间越往后，所记的钱数也就越大；最后结算的总数算错了五六次，才算成一笔数字很大的巨款，底下写着波恩斯的一份。

"我简直摸不着头脑。"利弗西大夫说。

"这是一清二楚的事情，"大老爷大声说道，"这就是那个黑心肠的坏蛋的账簿。这些十字代表他们沉下的船或是抢劫过的城市。钱数是那个浑蛋分得的一份；有些地方他恐怕含糊不清，你看，他就添了几个比较清楚的字。喏，'加拉加斯外面'；你瞧，这儿就是一条倒霉的船被他们在那道海岸近处抢劫的地方。老天保佑这只船上那些可怜的人——早就变成珊瑚礁了。"

"对！"大夫说，"这倒是一个旅行家的本领。对！你看，他的品级越高，分的钱数也就越多了。"

这个账本除了快到末尾的几个空白页上写着几个地方的名字，还有一个折合法国、英国和西班牙钱币价值的表格，此外就没有什么了。

"倒是个精明的人呀！"大夫大声说道，"他这号人可不会上当。"

"现在再看看另外那一件吧。"大老爷说。

这份文件的封口有几处盖上了印记，是用顶针代替图章的；

"这儿看不出什么名堂。"利弗西大夫继续往下翻,一面说道。

下面的十几页上记满了一些稀奇古怪的账目。每行的前头记的是日期,另一头记的是一笔钱数,就像通常的账簿一样。

也许就是我在船长衣袋里找到的那只顶针。大夫小心地揭开封口，里面便有一个岛的地图掉出来，图上画着经纬度，标明了一些近海水域的深度，还有一些小山和大小海湾的名字，以及引导船只在安全的停泊处靠岸的一切应有的说明。全岛约长九英里，宽五英里，好像是一条竖起身子的大龙的样子，有两个陆地环绕的海港，岛中心有一座小山，标着**望远镜**的字样。还有几个后来添上的标志，主要是红墨水画的三个十字——两个在岛的北部，一个在西南部，这最后一处除了一个十字而外，还写着**财宝主要在此**这几个字，红墨水的颜色是一样的，但是字体小而精巧，和船长那些歪歪扭扭的字大不一样。

地图的背面还有进一步的几点说明，字体也是一样的：

大树，望远镜山肩，方位是东北北偏北。

骷髅岛的方位是东南东偏东。

十英尺。

银条在北部地窖里，可顺着东边的小圆丘方向去找；离黑岩南边十英寻，岩面正对圆丘。

武器好找，在北部海岬北方的沙土山上，方位东偏北四分之一。

杰·弗

就只这些了。虽然很简单,我看了感到莫名其妙,大老爷和利弗西大夫却十分高兴。

"利弗西,"大老爷说,"你马上放弃你那倒霉的行业吧。明天我就到布利斯托去。三个礼拜之内——三个礼拜!——两个礼拜——十天——老兄,我们就会有一条最好的船,还有全英国最精选的船员。霍金斯去当茶房①。你会成为一个优秀的茶房呢,霍金斯。你呢,利弗西,就当船上的医生吧;我当总头。我们把雷德鲁斯、乔伊斯和亨特带去。我们会一帆风顺,迅速航行,毫不费力就能找到那个地点,弄到足够的钱,尽管吃喝玩乐,一辈子花不完。"

"屈劳尼,"大夫说,"我愿意跟你去;一言为定,吉姆也一样,总要为这番事业增光。只有一个人叫我担心。"

"那是谁呢?"大老爷高声问道,"你把这狗杂种说出来吧,老兄!"

"就是你,"大夫回答道,"因为你藏不住话。这个密件不只我们知道。今晚上袭击客栈的那些家伙——真是些大胆的亡命之徒——还有其余那些在走私船上的一伙,我看可能还有一些离这儿不远的人,个个都不顾一切,认定他们能把那些钱财拿到手。我们在上船出海以前,谁也不能单独行动。这期间,吉姆和我要待在一起。你骑马到布利斯托去,要带乔伊斯和

---

① "茶房"是旧时对服务员的称呼。

亨特同行。从头到尾，我们谁也不许把我们弄到手的东西透出一丝风声。"

"利弗西，"大老爷回答说，"你总是说得很对。我一定不声不响，像石头一样。"

第二部 船上的厨师

第7章
我到布利斯托去

我们准备出海,比大老爷设想的日期晚了一些。我们最初的计划,一样也没有如期实现——连利弗西大夫要把我留在他身边,也没有办到。大夫不得不到伦敦去一趟,找个医生接替他的业务;大老爷在布利斯托忙得不可开交。

我就在庄园上继续住下去,由猎场看守人雷德鲁斯老爷爷照顾。我像坐牢的犯人似的,可是常常梦想着航海的事,对于稀奇的海岛和惊险行动,怀着美妙无比的期待。我一连几小时望着那张地图出神,把一切情节都记得烂熟了。

我坐在管家妇屋里的火炉旁,在幻想中从各个不同的方向到了岛上,探察了那上面的每一片土地。我无数次爬上那座名叫"望远镜"的高山,从山顶欣赏各种千变万化的美妙景色。有时候岛上到处都是野人,我们就同他们打仗;有时候遍地是危险的野兽,追赶着我们。可是在我的一切幻想中,最使我感到稀罕而悲惨的,莫过于我们实际的冒险行动了。

这样度过了几个礼拜,后来有一个晴朗的日子,收到一封寄给利弗西大夫的信，信封上注明：收信人如不在，可由汤姆·雷德鲁斯或是小霍金斯代拆。

遵照这个吩咐，我们看到了下面这个重要消息——还不如说是我看到了，因为猎场看守人除了会看印刷字体，阅读能力太差了。

亲爱的利弗西：

我因不知你现在是否住在我的庄园，或是仍在伦敦，便将此信写了双份，向两地同时发出。

船已买妥，并已装备完毕。它正在这里停泊，准备出航。你绝不可能想象到一条更可爱的纵帆船——连小孩子也会驾驶——重二百吨，船名"希士潘纽拉"号。

我是托我的老朋友布兰德里帮忙买到这条船。他确实是个十全十美的、最了不起的老好人。这位出色的朋友为了给我帮忙，简直是拼着命干。不妨说，布利斯托的人一

听说我们要驾船到那个港口去——我是说,去寻财宝——他们都肯为我出力。

"雷德鲁斯,"我停住不往下念了,说道,"利弗西大夫可不会喜欢他提这话。大老爷终归还是乱说开了。"

"谁能比他更有权力说话?"猎场看守人粗声粗气地说,"大老爷要是因为利弗西大夫不让他说就不说,我看那才真是怪事呢。"

我一听这话,就不打算再发议论,又接着往下念道:

布兰德里亲自找到了"希士潘纽拉"号,他的手段非常高明,只花几个钱就把它买过来了。布利斯托有一帮人,对布兰德里的偏见非常之大。他们居然信口开河,说这个老实人为了赚钱,什么事都干得出来;还说"希士潘纽拉"号就是他的,他把它卖给我,作价高得不像话——这分明是最大的诬蔑。可是谁也不敢否认这条船的优点。

幸好至今没有什么阻力。干杂活的人——装配工之类的——当然是慢得要命,很伤脑筋;可是多花了些时间,也就补救了这个缺点。叫我操心的倒是找船员的问题。

我本想招足二十人——准备对付土人和海盗,或是那些可恶的法国人——我费尽了心血,才勉强找到六个,后来大走好运,才遇到一个称心如意的人。

我在码头上站着，极其偶然地同他攀谈起来。我发现他是个老水手，开着一爿小客栈，全布利斯托的海客他都认识。他过不惯岸上的生活，身体才垮了。现在他想在船上找个好差事，当个厨师，以便再去航海。那天早上，他一瘸一拐地上那儿去，说是要闻闻海水的气味。

我大受感动——你也会有同感——我完全出于同情，马上就雇了他当船上的厨师。他名叫朗·约翰·西尔弗，缺一条腿。可是我倒认为这正是他的可贵之处，因为他是在不朽的霍克①部下作战，为祖国失去那条腿的。利弗西，他没有养老金呢。试想我们所处的这个时代，实在太可恨了！

嗐，老兄，我本来以为只不过找到了一个厨子，可是我却因此发现了一批船员。几天之内，我和西尔弗一同招募了一队意想不到的最棒的老水手——样子不大好看，可是从面貌上看来，他们确实是些精神十足、坚强不屈的好汉。我敢说我们可以打得过一艘战舰。

朗·约翰居然把我已经招到的六七个人剔掉了两个。他立刻就跟我说明，他们都是些不中用的生手，在重要的冒险行动中，他们是叫人担心的。

我现在身体非常健康，精神饱满，吃起来像一头牛，

---

① 霍克，十八世纪英国著名的海军战将。

睡得像一块木头，可是我非等到听见我这些老水手围着起锚机踏步走的时候，片刻也不会感到愉快。快出海哟！见鬼的财宝不在眼下！我朝思暮想的是海上的光荣。好吧，利弗西，火速来此。你要是看得起我，片刻也不要迟延。

让小霍金斯马上去看看他母亲，叫雷德鲁斯保护他；然后他们两人尽快一同到布利斯托来。

约翰·屈劳尼

17××年3月1日，于布利斯托老锚客栈

再者：有一件事我还没有跟你提过，现在顺便告诉你：如果我们到八月底还不来到，布兰德里就要派一条僚艇来接我们。他找到了一个了不起的好角色当驾驶长——他是个倔强的人，这一点我感到有点遗憾，可是从其他一切方面看来，他确实是个宝贵的人才。朗·约翰·西尔弗物色了一个恰当的人当大副，名叫阿鲁。我还有个吹哨子传达口令的水手长呢，利弗西。所以在这条"希士潘纽拉"号船上，一切都会像条军舰的派头。

我还忘了告诉你，西尔弗是个富裕的人，我亲自了解到，他有银行存款，从来没有透支过。他把客栈留给他老婆管。她是个有姿色的女人，因此像你我这么两个单身汉，要是猜想正是她有意叫西尔弗再去航海，并不完全是为了他的健康,那大概是有道理的。

约·屈

霍金斯可与其母亲住一夜。又及。

约·屈

你可以想象得到,这封信使我多么兴奋。我简直高兴疯了。我要是轻视过什么人,那就是汤姆·雷德鲁斯老汉,因为他什么事也干不了,只会嘟嘟哝哝唉声叹气。任何一个护林队的助手都会乐于和他换换职务,可是这却不合大老爷的心愿,而大老爷的心愿在他们那些人当中,就像是法律一般。除了雷德鲁斯以外,谁也不敢嘟哝一声。

第二天早晨,他就和我徒步动身到"本卜司令"客栈去。我在那儿看到我母亲身体健康,精神愉快。船长一向是我家大遭苦难的祸根,他总算是到坏人不再捣乱的地方去了。大老爷已经把店里的一切通通修理好了,招待客人的房间都重新油漆过了,还添置了一些家具——主要是酒吧间里给我母亲置了一把扶手椅。他还给她找了一个小徒弟;我离开以后,她就不会没有帮手。

我一看到这番情景,才第一次明白我自己的地位。直到此刻,我一直只想着未来的冒险活动,丝毫没有想到过我将要离开的家。现在我一见这个拙笨的陌生孩子,想到他将代替我陪着我母亲，我不禁一阵心酸，淌下泪来。我担心会使那个孩子的日子过得太苦；因为他干这种工作还是个生手，我有充分的机会做好他的安排，使他轻松一些，我也就不失时机，赶快给他解决了一些困难。

过了一夜，第二天吃过午饭，雷德鲁斯又和我一同上路了。我向母亲告别，也告别了出生以来所在的小海湾和我那亲爱的"本卜"老店——现在它已油漆一新，就不像过去那么亲热了。我最后想到的还有那位船长，他常常戴着那顶破帽子，脸上有一处刀伤的疮疤，手里拿着那只黄铜架子的望远镜。过了一会儿，我们就转过了山角，再也看不见我的老家了。

黄昏时分，我们在遍地长着石楠的荒地上"乔治王"客栈门口搭上了驿车。我夹坐在雷德鲁斯和一位矮胖的老先生中间，虽然车子走得很快，夜里又有冷风，我还是从一开始就打了瞌睡。后来驿车上坡下坡，一站又一站驰过，我都一直睡得很死。因为最后有人在我腰上推了一下，我才醒过来。我睁眼一看，便发现我们的车子在一个大城市的街上一座大房子前面停住，天早已亮了。

"我们到了什么地方？"我问道。

"布利斯托，"汤姆说，"下车吧。"

屈劳尼先生住在一排码头下游的一个客栈里，监督纵帆船上的工作。我们就都朝那边走去，我非常高兴地看到，一路经过许多码头，还有无数船只，大小、帆式和国籍各有不同。一条船上的水手一面干活，一面唱歌；另一条船上有些人爬到船桅上，在我头顶上很高的地方，缒着他们的绳子就像蜘蛛网那么细。我虽然一向靠近海岸住着，却仿佛直到这时候才来到海边似的。柏油和海水的气味显得很新鲜。我看到一些十分精巧的船头雕饰，那都是到远洋航行过的。此外我还看到许多老水手，耳朵上坠着耳环，串脸胡子卷成一些小卷，还留着污黑的辫子，走起来大摇大摆，显得很迟钝似的。即使我见到过那么多国王和大主教，也不会感到更高兴。

而我自己也快要出海航行了；乘着一条纵帆船，上面有吹哨子传达口令的水手长和带辫子的、唱歌的水手。我们要开往一个陌生的岛上去，寻找埋藏的财宝！

我正沉浸在这种愉快的梦想中的时候，我们忽然到了一个大客栈门前，见到屈劳尼大老爷。他穿着结实的蓝布衣服，全身打扮成一位船上的高级职员的样子，笑容满面地从门里走出来，还模仿着水手的步子，学得像极了。

"你们来了，"他大声说道，"昨晚大夫也从伦敦来到了。真好啊！全船的人员已经到齐了！"

"噢，先生，"我大声问道，"我们什么时候开船？"

"开船！"他说，"明天就开！"

第8章
"望远镜"客栈

我吃完早饭之后,大老爷给我一封短信,叫我送到"望远镜"客栈去,交给约翰·西尔弗。他说我只要沿着那一排码头往前走,小心注意一只招牌上画着一具黄铜架子的大望远镜的小客栈,就容易找到那个地方。我马上就动身,因为我又有这个机会多看到一些船和水手,心里很高兴。那正是码头上最忙的时候,我在大群的人和许多车子、货物当中钻过去,终于找到了那个小客栈。

那是一个相当漂亮的消遣场所。招牌新上过油漆,窗户上挂着精致的红窗帘,地板打磨得很干净。两边都有一条街,每一面都开着一扇门。虽然因为吸烟的人多,里面烟雾沉沉,那个低矮的大房间却还是相当明亮,从外面往里看得很清楚。

顾客多半是些航海的人。他们谈话的声音特别响亮,因此我就站在门口,几乎不敢进去。

我在外面等着的时候,有个人从旁边的一个小房间里出来。我一眼就看出那准是朗·约翰。他的左腿紧靠屁股

那儿锯掉了,左肩下挂着一根拐杖。他使用得非常灵巧,跳来跳去,活像一只鸟儿似的。他身材高大,体格强壮,一张脸像火腿那么大——平凡而苍白,但又机灵而含笑。他确实像是兴致勃勃;吹着口哨,在各个餐桌当中转来转去,向他比较喜欢的客人说一两句开玩笑的话,还在人家肩膀上拍一下。

说实话,我自从在屈劳尼大老爷的信里第一次看到他提及朗·约翰以后,心里就有些害怕,猜想他可能就是我当初在"本卜"客栈见过很长时间的那个独腿水手。可是我只把面前这个人看了一眼,就明白了。我见过那位船长,还有黑狗和瞎眼的皮五,也就认为自己知道海盗像个什么样子——依我看来,一定和这个清洁而又性格和善的老板大不相同。

我壮起胆来,跨过门槛,一直走到那个人跟前;他正在那儿用拐棍支撑着身子,和一个顾客说话。

"请问您就是西尔弗先生吗?"我把信递过去,问道。

"是的,小伙子,"他说,"那就是我的名字,不错。你是谁?"随后他看到大老爷的信,我似乎觉得他现出了一点吃惊的神色。

"啊!"他一面伸出手来,颇为大声地说,"我知道了。你就是我们新来的茶房;见到你真高兴。"

于是他就用他那只大手紧紧握住我的手。

正在这时候,顾客中有一个人忽然站起来,向门口走去。他离门口很近,马上就跑到街上去了。可是他这个匆促的举动引起了我的注意,我一眼就把他认出来了。他就是先到"本卜

正在这时候，顾客中有一个人忽然站起来，向门口走去。他离门口很近，马上就跑到街上去了。

司令"客栈来的那个缺两个手指的脸色蜡黄的人。

"啊,"我喊道,"截住他!那是黑狗!"

"我才不管他是谁,"西尔弗大声说,"反正他没有付账。哈利,快去,把他逮住。"

离门口最近的人当中便有一个人跳起来,跑出去追赶。

"哪怕他是霍克司令,也得付账,"西尔弗嚷道,然后他松开我的手说——"你说他是谁?"他问道,"黑什么?"

"黑狗,先生,"我说,"屈劳尼先生没有给你提过那些海盗吗?他就是一个。"

"是吗?"西尔弗大声说,"在我这店里!贝恩,快去帮帮哈利的忙。原来他也是那伙坏蛋里面的一个,是吗?摩根,刚才是你和他在一起喝酒吗?快过来。"

叫作摩根的那个人——是个灰白头发、赤褐脸色的老水手——一面搓着烟草,有些害臊似的走过来。

"喂,摩根,"朗·约翰严肃地说道,"你从来没见过那个黑——黑狗,是不是?"

"没见过,老板。"摩根敬了个礼,说道。

"你也不知道他的名字,是吗?"

"不知道,老板。"

"我的天哪!汤姆·摩根,你这可好了!"店主大声喊道,"你要是跟这伙杂种有勾搭,那就不许再进我的门,决不含糊。他刚才给你说什么来着?"

"我也弄不清,老板。"摩根说。

"你那个脑袋瓜子还有什么用,是不是等于一块木头?"朗·约翰嚷道,"弄不清楚,是吗!也许你连自己刚才是跟什么人说话也弄不清楚吧,是不是?我问你,他刚才唠叨什么来着——昂海,仓长①,船,是什么意思?快说!他说的是什么?"

"我们讲了'罚潜水'②的事。"摩根答道。

"谈'罚潜水'的事,是吗?那倒挺合适呀,说真的。你这笨蛋,快回你的座位上去吧,汤姆。"

摩根东倒西歪地回到他的座位去的时候,西尔弗又以亲密的口气对我低声说了几句,我觉得有点讨好的意味:

"他是个很老实的人,汤姆·摩根,只是笨一点儿。"随后他又拉开嗓门说,"啊,让我想想看——黑狗?不,我不知道这个名字,真的。可是我好像见——对,见到过这个家伙。他常和一个瞎眼的穷鬼上这儿来,没错。"

"他常来吗?准没错,"我说,"我也认识那个瞎子。他叫皮五。"

"对!"西尔弗这时十分兴奋,大声说道,"皮五!他确实是叫这个名字。啊,他那样子好像很狡猾,真的!这回我们要

---

① 这里是说黑狗酒后将"航海"和"船长"都说不清楚了。
② 古时英荷等国海军中对重罪犯施行的一种刑罚,将犯人用绳子捆住,从船底的一端在水里拽到另一端。海盗也常用这种办法惩治犯规的人。

是能把这个黑狗追捕到手,那可就有好消息报告屈劳尼船长了!贝恩跑得挺快,海员当中很少有跑得过贝恩的。老天保佑,他该会很快就赶上去,把他逮住。那家伙不是讲过'罚潜水'的事吗?我就罚他一下!"

他断断续续地说着这些话的时候,一直拄着拐棍在店里一瘸一拐地来回走动,还用手拍着桌子,显出激动的神气,那样子简直能使贝里裁判所①的法官或是卜乌街的密探②相信他的话呢。我在"望远镜"客栈发现了黑狗,又引起了我很大的怀疑,因此我就仔细观察这位厨师。可是他太奸猾,太灵活,太聪明,叫我看不透。后来那两个人气喘吁吁地跑回来,说他们在人群中让那家伙逃脱了,还挨了一顿臭骂,我就认为朗·约翰·西尔弗确实是可靠的,还情愿给他保证呢。

"嗐,你瞧,霍金斯,"他说,"像我这么个人,现在遇到这种倒霉事儿,可真他妈不好办,是不是?我见了屈劳尼船长——他会有什么想法?我这儿让那个龟孙子荷兰佬在我店里喝我自己的酒!你上这儿来了,给我讲得清清楚楚。可是我偏偏让他在我眼皮子底下一溜烟跑掉了!喂,霍金斯,你可得帮我在船长面前说句公道话。你还是个孩子,可是你聪明透顶。你一进来我就看清楚了。现在事情是这样:我靠这根拐杖跳来跳去,

---

① 英国中世纪贝里城堡内的裁判所。
② 十八九世纪期间伦敦卜乌街警察审判厅的密探。

有什么办法？要是像过去那样，我是个身强力壮的呱呱叫的水手，那我就能一个劲儿追上他，狠狠地把他揪住，准没错；可是现在呢——"

说到这里，他突然住口了。他张着嘴，好像是想起了什么事情似的。

"酒钱！"他大喊道，"三杯酒呀！嘻，真他妈的，我怎么忘了收酒钱！"

然后他一屁股猛坐在一条凳子上，哈哈大笑起来，一直笑得脸上淌下了眼泪。我也禁不住跟着他笑了。我们一同哈哈大笑，一阵又一阵，笑得店里满屋都发出了回声。

"嘻，我真是个窝囊的老海豹！"后来他抹了抹脸，终于说道，"咱们俩应该彼此照顾着点，霍金斯，因为我准知道会要降职当个茶房。可是，伙计，咱该准备动身了。老在这儿耗着可不行。责任要紧，伙计。我把那顶旧卷边帽戴上，跟你一道去找屈劳尼船长，向他报告这儿出的这桩事情吧。因为这事儿是很严重的，你可得注意呀，小霍金斯。我要是再有脸提到什么保全体面的话，你我可都保不住啦。你也是一样，是吧；脑子不灵活——咱俩都不行。可是真糟糕！我没收到酒钱，那倒真是一次挺好的教训。"

他又开始哈哈大笑了，笑得真痛快。我还没有像他那样看出有什么好笑，却不得不再陪着他笑了一阵。

我们顺着码头走那一小段路的时候，他使我感到他是

我们顺着码头走那一小段路的时候,他使我感到他是个最有趣的伙伴。

个最有趣的伙伴。他给我讲我们经过的地方那些各式各样的船的帆式、吨数和国籍，说明船上正在进行的工作——这只船正在卸货，另一只正在装货，还有一只正在准备出海；还随时给我讲一些关于船和海员的小故事，或是一遍又一遍地说几句船上的行话，非得叫我完全学会不可。我渐渐觉得这是我能够遇到的最好的船友之一。

我们来到那客栈的时候，大老爷和利弗西大夫正坐在一起，喝完一夸脱淡啤酒，在他们上船去出航探险之前，互相祝贺一番。

朗·约翰把那桩事情从头到尾讲了一遍，讲得挺有兴致，全是实话。他一次又一次问我："就是这样吧，对不对，霍金斯？"我总是能给他证明完全属实。

这两位先生都觉得黑狗逃掉了，很是遗憾。可是我们大家都认为已经毫无办法了。朗·约翰受到了几句表扬，就挂起拐棍告辞了。

"全体船员今天下午四点都到船上集合。"大老爷在他背后嚷道。

"哎！哎！大老爷。"厨师在走廊里高声回答。

"喂，大老爷，"利弗西大夫说，"整个说来，我并不认为你找来的这些人全都可靠；可是我要说一句，约翰·西尔弗很称我的心。"

"他是个十足的好人。"大老爷肯定地说。

"那么,"大夫又问,"吉姆可以跟我们一道上船去吧,好不好?"

"当然可以叫他去喽。"大老爷说,"把帽子带去吧,霍金斯,我们去看看这条船吧。"

第9章

弹药和武器

"希士潘纽拉"号离岸较远,我们驾着小艇在许多船头的雕饰下面划过,绕过另一些船的船尾。那些船的锚缆有时蹭着我们的船底,有时在我们头顶上晃动。可是后来我们终于靠拢我们的大船了。我们走上船去,大副阿鲁先生就来迎接,还行了个礼。他是个棕色的老水手,戴着耳环,眼睛有点斜视。他和大老爷非常亲热,可是我不久就看出屈劳尼先生和船长之间的关系并不像这样好。

船长是个眼光锐利的人,他好像是对船上的一切事情都很生气似的,而且很快就跟我们说明了原因,因为我们刚刚进了船舱,就有一个水手跟着来了。

"先生,斯摩莱特船长①要和您讲话。"他说。

"我随时都听从船长的命令。请他进来吧。"大老爷说。

---

① 斯摩莱特是屈劳尼请来当船长的。屈劳尼本人不懂驾船的事,有人称他为船长,不能算数。

船长紧跟在来人后面,立刻走进来,把门关上了。

"噢,斯摩莱特船长,你有什么事见教?我希望一切都满意;一切都有条有理,具备航海的条件吧?"

"噢,先生,"船长说,"我看最好是实话实说,哪怕是得罪你也不要紧。我不喜欢这次航行;我不喜欢这些人;我也不喜欢我的大副。这总算说得简明而爽快吧。"

"先生,你也许还不喜欢这条船吧?"大老爷问道。我看得出,他是很生气的。

"这我倒不敢说,先生,因为还没有试航过。"船长说,"它倒像是一条挺精巧的船,别的话我还不便多说。"

"先生,可能你还不喜欢你的东家吧,是吗?"大老爷说。

可是这时候利弗西插话了。

"且慢,"他说,"且慢。用不着问这种话,难免要伤和气。船长说的话也许过分了一点,也许还没有说够。我必须说,我需要他加以解释。你说你不喜欢这次航行，那是为什么？"

"先生，我是应聘来照所谓'密封命令'，听那位先生的吩咐，把船开到他要去的地方，"船长说，"这倒是很对。可是现在我发现一般水手知道的情况比我还多。我认为这太不公平，你看如何？"

"对，"利弗西大夫说，"我也认为不公平。"

"其次，"船长说，"我听说我们是要去寻找财宝的——请注意，这是从我手下的人那儿听说的。财宝的事是难办的；我无论如何不喜欢探宝的航行，最不喜欢的是要保密的，而这秘密又让鹦鹉知道了（屈劳尼先生，对不起）。"

"西尔弗的鹦鹉吗？"大老爷问道。

"这不过是打比方的说法，"船长说，"泄露秘密了，我是说。我相信你们两位先生对你们所干的事情，谁也不清楚；可是我要把我的看法告诉你们——性命攸关，风险很大。"

"这是一清二楚的，我看是千真万确。"利弗西大夫回答道，"我们是要冒风险；可是我们并不像你想象的那么糊涂。其次，你说你不喜欢我们的船员。难道他们不是很好的海员吗？"

"我不喜欢他们，先生，"斯摩莱特回答道，"你要是提到这个问题的话，我觉得当初应该由我挑选自己手下的人才对。"

"也许是这样吧，"大夫回答道，"也许我的朋友应该带你一道去才对；不过如果是他的疏忽，那也是无心之过。你不喜欢阿鲁先生吗？"

"我不喜欢他,先生。我相信他是个很好的海员;可是他对手下的人太不讲规矩了,所以当大副就当不好。当大副的应该少和别人接近才对——不应该和普通水手在一起喝酒!"

"你是说他喝酒吗?"大老爷大声说道。

"不,先生,"船长回答道,"我只是说他太随便了。"

"那么,说来说去,船长,关键问题是什么?"大夫问道,"请告诉我们,你想要怎么办吧。"

"嗷,先生们,你们是否决定进行这次航行?"

"铁定了。"大老爷回答道。

"好极了。"船长说,"那么,你们既然耐心听了我讲的话,还说了一些我弄不清楚的事情,那就请让我再说几句吧。他们把弹药和武器放在前舱。可是你们在下面的舱里有个很好的地方;为什么不把那些东西放在那儿呢?——这是第一点。还有,你们要带四个亲信的人同去,人家说这几个人有一部分要安置在船前的铺位上。为什么不把他们的铺位安置在放枪支弹药的舱房旁边呢?——这是第二点。"

"还有吗?"屈劳尼先生问道。

"还有一点,"船长说,"现在泄露秘密的瞎话已经太多了。"

"实在是太多太多了。"大夫表示同意。

"我把我自己听到的告诉你们吧。"斯摩莱特继续说道,"听说你们有一张海岛的地图,还说图上有许多十字,标志财宝所在的地方;还说这个岛在——"他接着就准确地说出了那些地方的经纬度。

"我从来没有对谁说过这些。"大老爷大声说道。

"水手们都知道了,先生。"船长回答道。

"利弗西,那准是你或是霍金斯说的。"大老爷大声说道。

"是谁说的倒是不关紧要。"大夫回答道。我看得出,他和船长听了屈劳尼先生的申辩,并不大在意。可是关于这件事情,我可是相信他说得对;确实是没有人说过这个岛的位置。

"噢,先生们,"船长继续说道,"我不知道那幅地图在谁手里。可是我要明确讲定一点:一定要保守秘密,连我和阿鲁先生也不让知道。要不然我就请求辞职。"

"我明白了,"大夫说,"你希望我们对这件事情保守秘密,把船尾部分作为防卫的据点,用我的朋友信得过的人把守,全部枪支弹药都要在船上安顿妥当。换句话说,你怕发生叛乱。"

"先生,"斯摩莱特船长说道,"请不要见怪,我可不同意你有权把自己的话算作我说的。先生,一个船长只要有理由说出这种话,他就根本不应该出海。至于阿鲁先生呢,我相信他是彻底诚实的;另外还有些人也是一样。据我看,也许所有的人都可靠。可是我得对全体船员的生命和安全负责。据我看,情况不大对头。我请你们采取某些预防措施,要不然就让我辞职。我的话完了。"

"斯摩莱特船长,"大夫面带笑容,又往下说,"你听说过那个山和耗子的寓言①吗？说实话，我要请你原谅；可是你使我想起了那个寓言。不瞒你说，刚才你进来的时候，我估计你还不只打算说这些话呢。"

"大夫，"船长说，"你真是机灵。我上这儿来的时候，原来准备要被解职的。我根本没想到屈劳尼先生会听得进我的话。"

"再多的话我是不会听的，"大老爷高声说道，"刚才要不是利弗西在这儿，我就会叫你滚蛋。可是事实上我还是听了你的话。我会照你的意见办，不过我对你却更没有好感了。"

"那只能随你的便，先生，"船长说，"你往后会看得出，我是尽职的。"

他说了这句话，就告辞了。

"屈劳尼，"大夫说，"完全出乎我的意料，我相信你费了一番心血，总算给船上找到了两个忠实的人——那个人和约翰·西尔弗。"

"你要是喜欢西尔弗，那倒还可以，"大老爷大声说，"至于那个叫人生气的牛皮大王，老实说，我认为他的行为没有气派，不像个海员，一点也没有英国人的风度。"

"嗷，"大夫说，"等着瞧吧。"

我们走上甲板的时候，水手们已经开始把枪支弹药搬出来，

---

① 《山和小鼠》是"伊索寓言"中的一篇，讲的是某处乡下有一座山，忽然发出天崩地裂的响声。农民们跑去一看，原来是一只小鼠。这是讥讽说大话的人。

一面干活，一面哟嗨哟嗨地喊着号子，同时船长和阿鲁先生站在旁边监督着。

这样重新安排，很合我的心意。整个帆船都经过彻底检查。船尾安了六个铺位，在主舱后半部的外面。这套舱房只有左边的一条圆柱支撑的过道连接着厨房和前甲板。原先是打算由船长、阿鲁先生、亨特、乔伊斯、大夫和大老爷睡这六个铺位。现在却让我和雷德鲁斯在这里各占一个铺位；阿鲁先生和船长搬到后甲板天窗口的甲板上去睡觉，那地方两边都扩大了，几乎可以叫作一个后甲板船舱。当然，那还是很低的；可是总算有安两个吊铺的余地，连大副对这种办法也很满意。也许他也对那些船员有点怀疑，不过那只是猜想罢了。你以后就会听到，没过多久，我们就得到了他提意见的好处。

我们大家都在干劲十足地搬动弹药和铺位的时候，最后的一两个人和朗·约翰一同乘着小艇过来了。

厨师从船边爬上来，非常敏捷，像只猴子似的。他一见大家干的事情，就说："嗬嗬，伙计们，这是怎么回事？"

"杰克，我们在搬弹药哪。"有一个人回答道。

"嗐，天哪，"朗·约翰大声喊道，"要是干这些事，就会赶不上早潮呀！"

"我的命令！"船长简单地说道，"你到下面去吧，伙计。弟兄们该吃晚饭了。"

"哎，哎，船长。"厨师回答道。他伸手到前额施了个礼，马上就朝他的厨房走去，不见踪影了。

"这是个好人呢，船长。"大夫说。

"大概是吧，先生。"斯摩莱特船长回答道，"轻着点儿，伙计——轻点儿。"他接着就向搬动弹药的人们说道。随后他忽然看见我在察看船中间那座长筒黄铜九英寸口径回旋小炮，就大声喝道："嘿，你这小伙计，滚开，快上厨师那儿去，找点活计做做吧。"

随后我连忙跑开的时候，便听见他大声对大夫说："这船上不会有我喜欢的人。"

说实话，我和大老爷的看法完全一样，把这个船长恨透了。

第10章

航　行

我们在船上把各种东西摆好位置，大忙了一通宵。大老爷的朋友布兰德里等人，一船又一船地来祝他一帆风顺，安全返航。我在"本卜司令"客栈从来没有哪天夜里干过这样一半多的活。快到天亮的时候，我已经累得要命，可是水手长却吹起了哨子，全体水手开始到起锚的绞盘那儿去干活。我本来是会加倍感到疲劳的，可是我还是不愿离开甲板。因为一切对我来说，都是新鲜而有趣的——简单的命令，哨子的尖叫声，大伙儿在船上的提灯的闪光下急速地各自就位。

"喂，烤全猪①，给我们唱一曲吧。"有个人的声音说。

"还是那支老调儿吧。"另一个人说。

"哎，哎，伙计们。"朗·约翰正在旁边站着，用拐杖支撑着身子。他马上就用我听熟了的声调和歌词高声唱起来：

---

① 厨师朗·约翰的外号。

十五条好汉在死人箱上——

全体水手紧接着和唱道：

哟嗬嗬，快喝一瓶酒！

唱到第三个音节"嗬"的时候，大家就起劲地把面前的绞盘棒推动起来了。

尽管在这个兴奋的时刻，这阵歌声还是马上就使我回想到老"本卜司令"客栈当年的情景。我仿佛听见了当年那个船长夹杂在这次合唱中的歌声。不久锚就吊起来了，悬在船头滴着水。随后船帆就张开了，陆地和两旁停泊的船只向后飞逝。我还没来得及睡个小觉，"希士潘纽拉"号就开始它前往金银岛的航行了。

我不打算描述这次航行的详细情节。大体上算是顺利的。船果然挺好，船员也很能干，船长十分精通业务。但是我们在开到金银岛以前，却发生了两三件事，我应该在这里向大家交代一下。

首先是，阿鲁先生表现得比船长所担心的还要坏。他在水手当中毫无威信，大家对他简直是为所欲为。可是这还不是最糟糕的事情，因为出海之后一两天内，他来到甲板上的时候，

便显得眼神模糊，脸上发红，说话结结巴巴，还有其他一些醉酒的神态。一次又一次，他被喝令到下面的舱里去，大丢其脸。有时候他摔倒在地上，受了跌伤；有时候他在梯口旁边的一张小铺上整天躺着；有时候他一两天大致是清醒的，干起工作来至少还过得去。

同时我们无论如何也弄不清楚，他喝的酒是哪儿弄来的。这是船上的一个谜。我们虽然注意监视他，却也无法解开这个疑团。我们当面问他，要是赶上他喝醉了，他就只是哈哈大笑；清醒的时候，他就一本正经地抵赖，说他除了水以外，什么也没喝过。

他不但当大副毫不称职，在水手中还有不好的影响，照这样发展下去，他显然不久就会彻底完蛋。后来在一个有逆浪的黑夜里，他终于完全无影无踪，再也不露面了；大家也不以为奇，也没有谁觉得难过。

"落水了呀！"船长说，"好吧，各位，这倒是省了麻烦，用不着给他套上镣铐了。"

可是我们没有大副，毕竟是不行；因此当然就需要提升一个人来接替。水手长乔布·安德生是全船最相宜的人；他虽然仍旧保持他的旧头衔，却代行了大副的职务。屈劳尼先生也有航海的经验，他的知识使他很有用处，因为天气好的时候，他就常来值值班。舵手伊斯雷尔·汉兹是个细心而坚强、富有经验的老水手，逢到紧急关头，无论叫他干什么，都是靠得住的。

他是朗·约翰·西尔弗最亲信的人，所以一提到他的名字，就使我联想到船上的厨师，也就是大家称为"烤全猪"的那个人。现在我就谈谈他的情况。

他在船上用一根小绳子系在脖子上，带动拐杖，以便双手都能尽量随意活动。他把拐杖拄在舱壁上撑住身子，无论船身怎样摆动，都能适应，这样进行炊事工作，简直和岸上稳稳当当干活的人一样。你看到这种情景，才真是有趣呢。他在大风大浪中走过甲板，更是叫人看了感到惊奇。他在船上系了一两根绳子，帮助他横过最远的距离——人家把这叫作朗·约翰的耳环。他老是到处走动，一时拄着拐杖，一时拖着它，拽住绳子，走得飞快，就像别人一样。可是有些过去和他一同航过海的人看见他落到这种地步，却表示深为惋惜。

"他是个不一般的人，'烤全猪'，"舵手对我说，"他年轻的时候受过很好的教育；只要他愿意，说起话来头头是道，挺有学问。他还很勇敢——狮子在朗·约翰身边，也算不了什么！我看见他揪住过四只，叫它们头碰头——他却是赤手空拳。"

所有的船员都敬重他,甚至还服从他。他善于用适当的态度和每个人交谈,并用不同的特殊方式给每个人帮忙。他对我非常和善,极为耐心;他在厨房里看见我,总是很高兴。他经常把厨房收拾得一干二净,盘子碟子擦得光亮,挂在墙上,还养着一只鹦鹉,放在一个角落里。

"过来,霍金斯,"他总是说,"过来和约翰聊一聊。谁也不会比你更受欢迎,好孩子。你坐下,听我讲点新鲜事儿。'弗林特船长',就在这儿——我用那个著名海盗的名字称呼我的鹦鹉——'弗林特船长'在这儿给我们的航行预祝成功呢。是不是,船长?"

鹦鹉就飞快地说:"八字银角!八字银角!八字银角!"直到你觉得它不知是否喘不过气来,或是约翰用手巾蒙在笼子上,它才不再叫了。

"嘿,这只鸟儿可能有两百岁了,霍金斯。"他说,"这种鸟多半都是长生不死的;要是有谁比它见到的坏事更多的话,那除非是魔王自己。它跟着英格伦航过海,我说的是大海盗英格伦船长。它到过马达加斯加,到过马拉巴,还到过苏里南,到过普罗维登斯、波托贝罗。当年打捞那些沉船的时候,有它在场。它就是在那儿学会了'八字银角'这个词,这是不足为奇的。这种银币总共有三十四万个哪,霍金斯!在果阿附近海上抢劫'印度总督号'轮船的时候,它也在场,真的。你看它那样子,好像是个小娃娃似的。可是你是闻到过火药味的——是不是，船长？"

"快滚开！"鹦鹉就尖声叫喊起来。

"啊，它倒是个老实人呢，这家伙。"厨师就这么说，一面从口袋里拿出糖来给它吃。随后这鸟儿就啄着笼子周围的竹条，一直骂个不停，因为它把船长的好意当作恶意了。"嘻，"约翰接着说，"常和坏人打交道，总是要学坏的，孩子。我这只可怜的老实鸟儿就是爱骂人，火性子十足，老是这样，确实不假。比方说吧，哪怕是在牧师面前，它也会照样破口大骂。"约翰说到这里，就一本正经地伸手到额头前面，施了个礼，这就使我觉得他是个最好的人。

同时大老爷和斯摩莱特船长彼此的关系还是很别扭。大老爷在这方面一点也不迁就，他看不起船长。船长也不示弱，大老爷不跟他说话，他也就一声不响。跟他说话，他也回答得挺干脆，冷冷淡淡，毫不客气，一句废话也不说。有时候把他逼到极点，他又承认，他对船员们的看法也许不对，有些人生气勃勃，正符合他的要求，大家都干得挺不错。至于那条船呢，他觉得是十足地称心如意的。"它定风向十分准确，比一个男人对他的妻子还更能放心呢，先生。"他接着却又说，"可是我的意思是，我们并不像在家里那么安心，反正我不喜欢这次航行。"

大老爷一听这话，转身就走，翘起下巴，在甲板上踱着大步走来走去。

"我再听那个人说一句话,就会把我气炸。"他就这么说。

我们遇到过大风大浪,足以证明"希士潘纽拉"号的优点。船上所有的人似乎个个都很满意,要不然那些人可是会闹脾气的。我相信自从诺亚①驾船出海以来,从来没有哪条船上的船员像这样任性的。只要稍有一点点借口,就要举行畅饮会;不管哪一天,只要大老爷听说是谁的生日,大家就要吃好点心;常常有一大桶苹果放在中部甲板上,谁爱吃就可以随便取来吃。

"这样下去,绝不会有好结果。"船长对利弗西大夫说道,"把水手们惯坏了,就会把他们变成恶鬼。我相信是这样。"

可是那个苹果桶倒是做了一桩好事,你且听我讲吧。因为要不是它帮了忙,我们就不会预先得到情报,结果就会全部在叛乱的阴谋中丧命了。

事情的经过是这样的。

我们一直顺着贸易风航行,向我们寻找的那个海岛的方向开过去——我不可能讲得更清楚一些——现在我们就日日夜夜地朝着那边行驶。尽量往宽里估计,我们在外海航行大约是最后一天了。那天夜里某时或是至迟第二天中午以前,我们就可以看见金银岛了。我们是向西南偏南方向前进,迎面吹来轻轻的微风,海面平稳。"希士潘纽拉"号稳稳地行驶着,船头的斜

---

① 诺亚是《圣经》上所说的一个希伯来族长,他在大洪水泛滥时驾方舟拯救了人类。

桅有时向前稍低一下,激起一片浪花。全船上下,大家都做好了准备,人人都精神抖擞,因为我们这次探险事业的第一部分很快就要结束了。

太阳刚落,我的活就干完了。我正向我的铺位走去,忽然想起要吃一只苹果。于是我就跑到甲板上去了。值班守望的海员正在瞭望,寻找那个海岛。舵手正在注视着纵帆的前缘,一面轻声吹着口哨。除了海水拍打船头和两侧的响声以外,就只听见他的口哨声了。

我全身钻进了苹果桶,发现那里面连一个苹果也没有了。于是我在黑暗中坐下,或是因为海水的响声,或是因为船身的摇晃,我便睡着了,也许是快要睡着了。正在这时候,有一个沉重的大汉在旁边坐下来,碰响了一下。他把肩膀靠着苹果桶,桶子就摇晃了一下。我正想跳起来,恰好那个人开口说话了。那是西尔弗的声音。我只听了十来句话,就无论如何也不愿意露面了,只是在那儿待着。在极度的恐惧和好奇中,浑身发抖地听着。因为从这十来句话里,我就听清楚了,知道全船的好人的性命都要靠我一人来保全了。

我只听了十来句话,就无论如何也不愿意露面了,只是在那儿待着。在极度的恐惧和好奇中,浑身发抖地听着。

第 11 章

我在苹果桶里听到的话

"不,不是我。"西尔弗说道,"弗林特才是船长;我因为装了假腿,就当了舵手。在同一次遭到船舷排炮射击的时候,我失去了一条腿,皮五失去了双眼。给我锯腿的是一个外科专家——是什么大学之类毕业的——满口拉丁名词,还有别种语言。可是他却像一只狗似的,被绞死了,还和其余的人一样,尸体在卡索堡晒干了。那是罗伯茨手下的一伙,他们吃亏的原因是常换船名——什么'皇家福'号等名称。依我看,一条船定了名字之后,以不改为好。'卡三德拉'号就是这样,英格伦抢劫了'印度总督'号以后,平安无事地从马拉巴把我们载回来了。还有'海象'号也是一样,那是弗林特的船,我亲眼看见船上大杀一场,满船是血,船上装的金子简直能把它压沉。"

"啊!"另一个声音喊道,那是全船年纪最小的一个水手的声音,显然是充满了钦佩的感情,"他可真是个最出色的英雄好汉呀,这弗林特!"

"戴维斯也是个好汉呢，大家都这么说，"西尔弗说，"我从来没有和他一同航过海；我先跟英格伦，然后跟弗林特，这就是我的经历。现在我可以说是全靠自己来干这一场了。我从英格伦那儿分到了九百镑，存起来了；后来跟弗林特干，又捞到了两千镑。这些钱对一个普通水手来说，总算不少了——全都存在银行里。光会挣钱还靠不住，要靠攒钱才行，我这是实话。英格伦的钱现在上哪儿去了？我不知道。弗林特的钱呢？嗜，他那伙人多半都在这船上，吃到些好点心就高兴了——过去还讨过饭呢，有些人。瞎子皮五也许有些惭愧吧，当初他一年就花掉一千二百镑，就像个国会里的老爷似的。他现在上哪儿去了？噢，他现在已经死了，见阎王去了。可是在他死前两年里，他简直穷得吃不上饭，真他妈的！他讨饭，他偷东西，他杀人，可是他得挨饿，我的天哪！"

"唉，干这一行毕竟还是没多大好处呀。"那个年轻水手说。

"对傻瓜来说，干这一行倒的确是没多大好处——干这一行没意思，干别的也不行。"西尔弗大声说道，"可是你听我说：你还年轻，确实是；可是你真机灵啊。我一见你就看出来了，所以我就把你当个大人，和你说话呢。"

我听见这个可恨的老恶棍对别人说话，也像他原先对我一样，花言巧语，说得怪好听，这时候我心里做何感想，你是不难想象的。我想当时要是可能的话，会从桶里钻出来，把他杀死。这时候他还是往下说个不停，没想到有人偷听呢。

"我再谈谈海上豪客的情况吧。他们过着艰苦的生活,冒着被处绞刑的危险;可是他们大吃大喝,派头十足,一次航行结束的时候,口袋里就装满了成百上千的金镑,而不是一些小钱。嗐,这些人多半都爱喝酒,随意玩乐;然后又穿着衬衫再去出海。我可不这么办。我把钱都存起来,这儿存一点,那儿存一点,哪儿也不存得太多,免得招人怀疑。我已经五十岁了,你记住吧。这回航行回去以后,我就要规规矩矩地当个正人君子。你也许会说,还早着呢。啊,不过我过的日子还是挺舒服的。我无论想要享受什么,都不吝惜,天天都睡得香,吃得好,只除了出海的时候。那么,我是怎么开始的呢?也是当个普通水手嘛,像你一样!"

"嗷,"小伙子说,"可是你原先弄到的那些钱现在全都丢了吧,是不是?从今以后,你再也不敢在布利斯托露面了。"

"嗐,你猜我的钱存在什么地方?"西尔弗嘲弄地说。

"存在布利斯托,在银行里,或是别的地方。"他的伙伴回答道。

"是呀,"厨师说道,"我们起锚的时候,是存在那儿。可是现在我的老婆把这些钱全都取出来了。'望远镜'客栈已经卖掉了,租契、牌号、设备,全都卖了。我老婆就会到别处去和我相会。我会告诉你在什么地方,因为我信得过你。可是那会引起伙伴们的忌妒。"

"你信得过你老婆吗?"小伙子问道。

"海上豪客一般都信不过同伙的人，"厨师回答道，"他们当然是这样，确实不错。可是我有我的办法，说真的。要是有哪个伙伴走漏一点消息——我是说，知道我的情况的人——他就休想和我一同活下去。有人害怕皮五，有人害怕弗林特，可是弗林特却害怕我。他确实怕我，却又因为他手下有我这么个人而感到得意。弗林特这帮人是出海航行的一伙最野蛮的家伙，连魔鬼也害怕和他们一同出海。那么，你听着，我可不是个说大话的人，你亲眼看到我和大伙儿搞得多么亲热。我当舵手的时候，要是把弗林特那一伙海盗比作一群小绵羊，也许还不够劲儿呢。啊，你在老约翰的船上可是尽管放心吧。"

"噢，现在我说实话，"小伙子回答道，"我没和你谈这次话以前，一点也不爱干这个活，约翰。可是现在我保证要干下去了。"

"你是个有胆量的孩子，也很机灵，"西尔弗一面回答，一面和他热情地握手，弄得整个桶都摇动起来，"我从来还没见到过比你这副模样儿更像一个海上豪客的神气呢。"

这时候我才渐渐懂得他们的词儿是什么意思。他们所说的"海上豪客"恰恰就是指的通常的海盗；刚才我偷听到的那一段话就是船上那些老实人当中的一个受到诱惑的最后一幕戏——也许是船上剩下的最后一个好人吧。可是关于这一点，我不久就增添了一点新的兴趣，因为随着西尔弗的一声口哨，又有一个人迈着大步走过来，在那两个人旁边坐下了。

"狄克是靠得住的。"西尔弗说。

"啊,我早就知道狄克靠得住,"回答的是舵手伊斯雷尔·汉兹的声音,"他可不是个傻子,狄克可不是。"他接着就把嘴里嚼着的烟叶转动了一下,啐了一口唾沫,"可是请注意,烤全猪,现在我要知道的是,我们还得像一条杂货船似的,忽远忽近地开多久?我对斯摩莱特船长实在忍无可忍了;他老糊弄我,真够呛,太可恨了!我要住到那个舱里去,非去不可。我要吃他们的腌菜和酒,还有别的东西。"

我想当时要是可能的话,会从桶里钻出来,把他杀死。这时候他还是往下说个不停,没想到有人偷听呢。"伊斯雷尔,"

西尔弗说,"你的脑袋瓜子不大管用,向来就是这样。可是你总还能听,我看至少你的耳朵是够大的嘛。好吧,我告诉你:你上前舱去睡,你还得苦干一番,说话得和气一些,要冷静,不要急躁,直到我发出口令的时候。你千万注意,我的孩子。"

"好吧,我没意见,对不对?"舵手抱怨道,"我问的是,什么时候?我问的是这个。"

"什么时候!我的天哪!"西尔弗大声说道,"好吧,你想要知道,我就告诉你吧。我能对付到什么时候,就是什么时候;这就是我规定的时候。我们有一个头等的海员,斯摩莱特船长,他给我们驾驶这条宝贝船。还有那位大老爷和大夫,他们有一张地图和别的东西——我不知道它在哪儿,是不是?你也不知道,是吧。那么,我知道这位大老爷和大夫准能找到那些财宝,帮我们运到船上,老天保佑,准没错。以后咱们就等着瞧吧。只要你们这些皇子皇孙都听我的话,我就能叫斯摩莱特船长再给我们把船往回开,等他开到半截,我再下手。"

"嘻,我看咱们有这么多海员在船上呀。"小伙子狄克说。

"你是说,咱们都是能驾船的水手,"西尔弗气冲冲地说,"咱们能顺着航道开船,可是谁能测定航向?归根到底,你们弄不清楚的就是这一点。我要是能如愿的话,我就得叫斯摩莱特船长至少把我们开进贸易风的航道。那我们就不会出差错,也不会每天都只能喝到一口白水。可是我知道你们这伙人的性子。只等那些财宝上了船,我就要在岛上给他们送终,这可是太可惜的事呀。可是你们都非得喝醉了酒才快活不可。真他妈的,我跟你们这些家伙一起航海,实在是太伤脑筋了!"

"别着急嘛,朗·约翰,"伊斯雷尔大声说道,"谁惹着你了?"

"唉,你想想,我见到过多少大船遇了难,多少活跃的小伙子在海盗刑场上被处决,尸体在太阳光里晒干?"西尔弗大声说道,"全是因为这个毛病——急躁,急躁,急躁。我的话你听见了吗?海上的事,我见到过一些,真的。你只要对准风向,朝着正确的目标行驶,结果就能乘上马车享福,准没错。可是你们不行,我看透了你们。明天你们又会喝酒,让人绞死完事。"

"谁都知道你就像个说教的牧师约翰。可是还有不少人也有你那套本领,能够驾船呢,"伊斯雷尔说,"他们喜欢开玩笑,真的,不像你这样自高自大,冷冰冰的,绝不是这样。他们懂得享乐,无论对谁,都和和气气的。"

"是吗?"西尔弗说,"好吧,可是现在他们上哪儿去了?皮五就是这种人,可是他穷得成了个叫花子死了。弗林特也是一样,结果他在萨凡纳醉死了。啊,他们都是些快活的伙伴,的确不错!不过,现在他们在哪儿?"

"可是我们制服了他们之后,"狄克问道,"应该怎样处置他们呢?"

"你这才说出了我的心里话呀!"厨师大声赞赏道,"这才是我所说的正经事呢。那么,你的意见怎么样?把他们留在荒岛上,不管他们的死活吗?那是英格伦的办法。要不然就把他们像猪肉似的切开吗？那是弗林特或是毕尔·波恩斯的办法。"

"毕尔是个硬汉子，他可真干得出这一手。"伊斯雷尔说，"'死狗不咬人'，这是他说的。嘻，现在他已经死了。他对这种事是一清二楚的。要说我们这一行出了个棘手的好汉，那就要数毕尔了。"

"你说得对，"西尔弗说，"又辣手，又利落。可是你要知道：我是个厚道人——你也说我是个地道的正人君子。可是这回的事却是严重的。我得尽我的责任，伙计们。我同意了——处死。将来我当了国会议员，乘上了马车，我可不愿意让这些爱吵架的水手出乎意料地回老家来捣乱，像祷告时的鬼那样。我还是主张等一等；只待时机成熟，为什么要轻易放过！"

"约翰，"舵手说，"你真是好样儿的！"

"伊斯雷尔，等你亲眼看到的时候，准会这么说，"西尔弗说道，"我只有一点要求——让我来干掉屈劳尼。我要用这双手把他的狗头揪下来。"随后他又换了话题，接着说："狄克，你快起来，好孩子，给我取一只苹果，让我润润嗓子吧。"

你不难想象，我吓成个什么样子！我要是有气力，就会跳出来逃命。可是我的四肢和我的心偏不给我争气。我听见狄克站起来，接着又像是有人阻止了他，汉兹拉开嗓门喊道："啊，且慢！你可别吃桶里那玩意儿，约翰。咱们干脆喝一回酒吧。"

"狄克，"西尔弗说，"我信得过你。注意，酒桶上有个量酒杯。你把钥匙带去，斟一杯酒端上来。"

我虽然吓得要命,可还是暗自想到,阿鲁先生准是喝了那儿的烈酒,才送了命的。狄克只离开了一会儿,他不在场的时候,伊斯雷尔一直在厨师耳边说话。我只听得到一两句,可是我得到了一点重要消息。因为除了别的一些零星的话泄露了天机之外,有一整句却听清楚了:"再没有一个人肯入伙呀。"足见船上还是有些忠心的人呢。

狄克回来之后,这三个人就轮流举杯饮酒——一个说"祝贺好运";另一个说"悼念老弗林特";西尔弗本人用唱歌的腔调说道:"为我们自己祝福吧,拿定主意,决不动摇,财宝无数,酒醉饭饱。"

正在这时候,有一道亮光照进桶里来,照到我身上。我抬头一看,发现月亮已经升起来了。它给后帆顶上抹上了银色,把前帆的边缘照得雪白。几乎在同一时刻,瞭望员的声音喊道:"着陆!"

第 12 章

军事会议

甲板上有一阵急促的脚步声。我听得见人们跌跌撞撞地从舱里和前甲板跑过来。一刹那间,我就从桶子里溜出来了。我从前帆后面钻过去,绕了个弯,向船尾那边走,在宽阔的甲板上碰见了亨特和利弗西大夫,跟他们一道朝着迎风的船头跑去。

全体船员都在那儿集合了。随着月亮的出现,雾障几乎是同时就散开了。我们在西南方看见两座小山,相隔约两英里;在其中一座小山后面耸立着一座较高的山,山顶还有雾气环绕着。这三座山似乎都很陡峭,像是圆锥形的样子。

我看到这些情况,仿佛是在做梦一般,因为我还没有从一两分钟以前的恐惧中苏醒过来。随后我就听见斯摩莱特发出口令的声音。"希士潘纽拉"号朝风向移动了两个罗经点,顺着一条航道行驶,即将越过这个岛的东岸。

"喂,诸位,"船帆全部鼓足了风的时候,船长问道,"你们有哪位曾经到过前面的岛上吗?"

"我上去过，船长，"西尔弗说道，"我在一条商船上当过厨子，上那儿去取过淡水。"

"我想停船的地方是在南边的一个小岛后面吧？"船长问道。

"对，船长。人家管那叫骷髅岛。那地方曾经是海盗的主要驻地，我们船上有个水手知道岛上所有的地名。北边那座小山，他们叫作前桅山。岛上有三座山，由北向南成一排——前桅，主桅，后桅，船长。可是那座主桅山——就是山上还有云雾的那座——人家都把它叫作'望远镜'，因为他们停在那儿打扫船只的时候，派了人到那上面去瞭望。他们就是在那儿打扫船只的，您可别嫌我多嘴，船长。"

"我这儿有一张航海图，"斯摩莱特船长说，"你看看是不是那个地方。"

朗·约翰把地图接过来的时候，双眼炯炯发亮。可是我一见图纸还很新的样子，就知道他注定是要失望的。那不是我们从毕尔·波恩斯的箱子里找到的航海图，而是一份准确的复制品，一切齐全——地名、高度和海域的深浅都有——缺少的只有那些红十字和文字说明。西尔弗虽然极为烦恼，却又故作镇静，隐瞒住了。

"正是，船长，"他说，"肯定就是这个地方。这张图绘得挺漂亮呢。我猜不出，这是谁绘的呢？我看海盗们太无知，绘不了这么好。哎，就在这儿：'启德船长锚地'——我那个船友正是把它叫作这个名字。有一股急潮往南流，再一转弯，顺着西岸向北流去。"他说,"船长,您改变了航向,朝着这个岛的上风行驶,做得很对。无论如何,您要是打算从这儿开进去停船的话,那在这一带水面上可真是再也没有比这更好的地方了。"

"谢谢你,伙计,"斯摩莱特船长说,"往后我还得请你多帮忙。你先去吧。"

我看到约翰说出他对这个岛所了解的情况,态度那么沉着,便觉得很吃惊。后来他向我身边靠拢的时候,我承认我是有几分害怕。他当然不知道我从苹果桶里偷听了他们的谈话,可是这时候我还是对他的残暴、体力和口是心非的一套很感恐惧,因此他把一只手按在我的胳臂上的时候,我几乎掩饰不住一阵颤抖。

"啊,"他说,"这地方可真是可爱呢,这个岛——小伙子上岸去看看,真是个好地方呀。你可以洗澡,可以爬树,还可以打山羊,真的。你还可以爬到山上去,就像山羊那样。嘿,那可真叫我返老还童呀。我简直要忘记我这条假腿了,真的。年轻人有十个脚指头,真是痛快,这可是实话。你要是想出去探险,尽管叫我老约翰帮忙,我会给你做一份点心,让你带去。"

于是他就用最热情的态度在我肩膀上拍一下,随即就一跳一跳地走开,到下面去了。

斯摩莱特船长、大老爷和利弗西大夫正在后甲板上谈话,我虽然急于要把我得到的消息告诉他们,却不敢公然去打搅他们。我正在心里寻思,想找个适当的借口,恰好利弗西大夫叫我到他身边去。他把烟斗落在下面的船舱里了；他是个烟鬼，所以就想叫我去替他把烟斗拿来。我走到离他很近的地方，趁着说话不致被别人听见的时候，马上就说："大夫，让我说句话。你叫船长和大老爷都到下面的船舱里去，找个借口把我也叫去吧。我有一些可怕的消息。"

大夫稍稍变了一下脸色，随后就平静下来了。

"谢谢你，吉姆，"他大声说道，"我知道这些就行了。"好像是他问了我一件什么事情似的。

他说了这句话，就转身走到另外两个人那边去了。他们在一起谈了一会儿话，虽然谁也没有惊慌失措，没有大声说话，甚至连口哨也没有吹一声，利弗西大夫却显然是传达了我的请求。因为我随即就听见船长发出口令，叫乔布·安德生把全体水手集合到甲板上来。

"孩子们①，"斯摩莱特船长说，"我有句话跟你们讲。我们看见的这个岛就是我们这次航行所要到达的地方。屈劳尼先生是个挺慷慨的人，这是我们大家都知道的。刚才他问了我一两句话，我向他保证，全船上下，人人都尽了职，表现得特别好，超出我的预料。所以，他、我和大夫就要到下面舱里去举杯祝贺你们健康和幸运，也会叫人给你们送酒上来，让你们祝贺我们健康和幸运。我把自己的想法告诉你们吧：我觉得这是一件

---

① 这是船长照军官对待士兵的称呼说的。

做得漂亮的事情。你们要是同意我的想法,就请大家照海上的规矩,为发起这次祝酒的主人欢呼致敬。"

随即就发出了一阵欢呼——那本是理所当然的事;可是这阵欢呼声却特别响亮,非常热情,因此我承认当时很难料到,这伙人正在搞阴谋,要杀害我们。

"再为斯摩莱特船长欢呼一次吧。"第一阵欢呼声停息之后,朗·约翰大声喊道。

这阵欢呼也劲头十足地喊出来了。

正在欢呼声最响的时候,三位头目都到下面船舱里去了。过了不久,就传来了他们的吩咐,叫我下去。

我发现他们三位围着一张桌子坐着,面前放着一瓶西班牙果酒和一些葡萄干,大夫把他的假发放在膝盖上,不住地吸着烟。我知道这就是他心情激动的表现。船尾的窗户是开着的,因为那天夜里很热;在船尾的水面上可以看到明亮的月光。

"喂,霍金斯,"大老爷说道,"你有话要说,那就快说吧。"

我遵照吩咐说了,尽量把话说得简短一些,叙述了西尔弗讲话的全部内容。谁也没有插嘴,直到我把话讲完。他们三位都一动不动,可是从头到尾,他们都盯住我的脸。

"吉姆,"利弗西大夫说,"坐下吧。"

于是他们就让我在他们身边靠着桌子坐着,给我斟了一杯酒,抓了一把葡萄干塞到我手里。他们三位都点点头,一个接着一个,举杯祝我健康,并表示他们对我的好意,祝贺我的幸运，夸奖我的勇气。

"哎，船长，"大老爷说，"你对了，我错了。我承认自己是个笨蛋，情愿听从你的命令。"

"你并不比我更笨，老兄，"船长说，"我从来没听说过船上的水手打算叛变，却能一点不露马脚，让一个脑袋上长着眼睛的人预先看出要出事故，采取适当的措施。"随即他又接着说："可是这伙人却叫我上当了。"

"船长，"大夫说，"你看对不对，这是西尔弗捣的鬼。这个人可真是有本事。"

"要是把他吊到帆架上，倒挺合适呢，老兄。"船长回答道，"不过这只是说说罢了，根本解决不了什么问题。我想到了三四

点,屈劳尼先生如果同意,我就把它说出来。"

"老兄,你是船长,就是该让你说嘛。"屈劳尼先生豪爽地说。

"第一点,"斯摩莱特先生说,"我们还得照样前进,因为我们决不能往回开。我要是命令转舵返航,他们马上就会暴动。第二点,我们还有时间——至少可以对付到找着财宝以后。第三点,我们还有忠心的伙伴。嘻,老兄,反正迟早会打起来。我的主张是,照一般的说法,就是要抓紧时机,找个适当的日子,趁他们不提防的时候下手。据我估计,你的家丁总该靠得住吧,屈劳尼先生。"

"像我自己一样可靠。"大老爷断然说道。

"三个,"船长算了一下,"加上我们自己,总共是七个,连霍金斯计算在内。那么,忠实的伙伴怎么样?"

"最可靠的大概是屈劳尼的亲信,"大夫说,"在他看中了西尔弗以前,自己选定的那几个。"

"不见得,"大老爷回答道,"汉兹原来也是我的亲信呀。"

"我原来也认为汉兹是可靠的。"船长也说。

"他们居然都是英国人呢,真丢脸,"大老爷气冲冲地说,"老兄,我火上心来,真能把这条船都炸掉。"

"噢,诸位,"船长说,"我也想不出多少好主意。我们必须静待时机,你说对不对——还得仔细注意防备才行。我知道,这是叫人难熬的。干脆打起来,倒还痛快一些。可是我们不先把自己的人手摸清，那就毫无办法。耐心等一等，吹吹口哨求风①吧，我的意见就是这样。"

"这儿有吉姆，他比谁都能出力，"大夫说，"那伙人还不避讳他；吉姆可是个小精灵鬼呢。"

"霍金斯，我可是绝对相信你呀。"大老爷接着说。

我一听这话，觉得不知如何是好，因为我实在是毫无把握。可是由于一连串的意外变化，结果倒的确是全仗着我，才保住了安全。同时，我们尽管那么说，毕竟在二十六个人当中，靠得住的只有七个；而这七个人当中，还有一个孩子，因此我们这边的成年人只有六个，要对付他们那边的十九个呢。

---

① 吹口哨求风，是古时候水手们的迷信。意思是在急难中求神助脱险。

第三部 海岸探险

第13章

海岸探险开始

第二天早晨,我来到甲板上的时候,岛上的景象已经整个变样了。现在海风虽已完全平息,我们的船却在这一夜之间走了很远,在离平坦的东岸偏南约半英里的地方停住不动了。地面上大部分覆盖着灰色的树林。这一片单调的颜色当中,在较低的地方间隔着一条一条的黄色沙洲,还有许多松柏科的高树——有些是单棵的,有些是成丛的;但是一般的色调却是单调而黯淡的。一座座的山从树木当中矗起,露出光秃秃的石头尖顶;这些山峰的形状都很奇特,全岛最高的是望远镜山,它比其余的山大约要高出三四百英尺,山势也最特殊,几乎四面八方都是悬崖峭壁,到了峰顶,却突然像个平台,仿佛是要在那上面放一尊雕像似的。

"希士潘纽拉"号在海底涌上的浪涛中颠簸着,排水管没入水下。帆杠在滑车的部分裂开了,舵在来回摆动,发出巨响,整个的船像一座工厂似的,发出尖厉和呻吟的叫声,不住地震动。我不得不紧紧地揪住后索,只觉眼前天旋地转,头脑发晕；因为船在开动的时候，我倒是有水手的本领，可是这样停住不走，却又让海涛掀动不止，像一只瓶子似的转来转去，我可从来没有学会怎样应付，才能不犯呕吐之类的毛病，特别是因为还在早晨，空着肚子的时候。

也许就是因为这个缘故吧——也许是因为岛上那一片灰暗而凄凉的树林，还有那些荒凉的石头尖顶，都很难看，再加上拍击岸边峭石的浪涛，水沫飞溅，发出雷鸣般的响声，我们都能看得见，听得到，这都是使人很不舒服的——反正太阳虽然照得很亮，晒得很热，海边的飞鸟在我们周围捉鱼，发出叫声，你可能会以为大家在海上航行的日子太多了，谁都会乐于登岸吧，我可是不大起劲，照俗话说，简直是懒心无肠。自从初次见到那番情景以后，我一想起这个金银岛，就把它厌恶透了。

那天上午，我们还得干一阵苦活呢，因为一直没有起风的兆头，只好把几只小艇放出去，配备划手，用缆索拽着大船，绕过海岛的岬角三四海里，再顺着那条狭窄的水道，把它拖到骷髅岛后面的小港。我报名到一条小船上去，那儿当然没有什么活儿叫我干。天气闷热得要命，水手们干着这个苦差，都大声抱怨。安德生指挥我所在的那只小艇，可是他不但不把水手们的秩序管好，自己反而嘟哝得嗓门儿最大。

"嘿，"他咒骂了一声，说道，"这个活儿可不能老干哪。"

我觉得这个势头是很糟糕的，因为直到那天，大家都忙着干活，个个精神十足，心甘情愿；可是一见到这个岛，反而松了劲,不受管束了。

在开进港口的时候,朗·约翰一直站在舵手旁边,指点着航道。他对这条水道真是了如指掌。尽管测水员测出那儿的水到处都比地图上标志的还要深一些,朗·约翰却沉着地指挥着,很有把握。

"潮水的冲刷很有劲头,"他说道,"这条水道挺直,仿佛是用一把大铁锹挖成的呢。"

我们在海图上标明的停泊地点抛了锚,那儿离两岸各约三分之一海里,一面是本岛的陆地,一面是骷髅岛。水底是干净的沙子。船上的铁锚抛下水去,惊动了大群的鸟儿,在树林上空盘旋,发出叫声;可是还不到一分钟,它们又落下去了,一切重新寂静无声。

这地方四面都是陆地,荫蔽在树林当中,那些树一直长到高潮的水标所在的地方,岸边多半是平坦的,四周的山峰在远处矗立着,好像是圆形运动场似的,东一座,西一座。有两条小河,也许还不如说是两道水洼,流入这个小港,你还不如把它叫作一个池塘吧。在那一部分岸边长着的树,叶子上发出一种带毒似的光彩。我们从船上一点也看不见房屋或是木寨的踪影,因为全被树木掩蔽起来了;要不是后舱升降口有那张地图,我们就可能是自从这个岛从海里升出以来最先在那儿抛锚的了。

一丝儿风都没有,除了半海里以外的海涛在海滩一带奔腾,冲击着外面的岩石的轰隆巨响而外,听不到别的声

音。停泊处上空散发着一股臭气——那是浸湿的树叶和腐烂的树干的气味。我看到大夫闻了又闻,就像一个人在尝一只臭蛋似的。

"财宝的事我不知道,"他说,"可是我敢打赌,这儿准有热病流行。"

如果说水手们在小艇上的举动令人吃惊的话,他们来到大船上还闹事,那可就真是有威胁性了。他们在甲板上到处躺着,凑到一起谈话,大叫大嚷。他们只要稍微听到一声命令,就要露出怒容,即使勉强服从,也是带着一股怨气,满不在乎。连诚实的伙伴也肯定是受了感染,因为谁也不纠正别人的吵闹。看来显然是,哗变即将临头,就像大雨前的乌云一般。

发现了危险的还不只我们同舱的那些人。朗·约翰在人群中到处大肆活动,竭尽全力劝解大家,他做出的榜样,谁也赛不过。他显出和善可亲和彬彬有礼的样子,做到了极点,无论见到谁,都是满面春风。只要听到什么命令,约翰马上就挂起拐棍,连声说着"哎,哎,先生",显出非常高兴的神气。如果没有别的事情可做,他就接二连三地唱起歌来,仿佛是闲得不耐烦,借此解闷似的。

在那个阴暗下午的一切阴暗的特点之中,朗·约翰所表现的那种明显的急切心情似乎是最坏的不祥之兆。

我们在船舱里举行了会议。

"老兄,"船长说,"我要是冒着危险,再发个命令,全船的人就会突然一哄而起，跟我们捣乱。老兄，你看，情况就是这样。他们跟我顶过嘴，是不是？嗐，我要是和他们硬碰硬，马上就会出事。我要是不作声，西尔弗就会看出这里面有文章，那就一切都完了。现在我们只好依靠一个人。"

"那是谁呢？"大老爷问道。

"西尔弗，老兄，"船长回答道，"他也像你我一样，想要暂时掩饰下去。这回只是小小的争吵；他要是有机会，就会劝住他们先不忙闹事。我主张给他一个机会。我们让大伙儿上岸去过一个下午。要是他们全都上岸，我们就在船上抵抗。要是他们全都不走，那么，我们就守住这个舱，上帝会保佑好人。要是他们有几个人上岸，那么，你听我说，老兄，西尔弗准会再把他们带上船来，就像绵羊那么老实。"

结果就是这样决定了。上了子弹的手枪，发给了所有可靠的人；亨特、乔伊斯和雷德鲁斯都受到我们的信任，而且出乎我们的意料，他们听到这个消息，并不怎么吃惊，精神也还好。随后船长就到甲板上去，给船员讲话。

"小伙子们，"他说，"咱们今天赶上了一个大热天，大伙儿都累了，心情也不大好。现在到岸上去转一转，对谁也没什么害处——小艇都还在水上；你们可以乘快艇，谁愿意去都行，大伙儿就在岛上玩一下午吧。太阳落山半小时以前，我就放一响信号枪，叫你们回来。"

我相信这些傻瓜一上了岸，马上就会飞跑着去找财宝，腿都得跑断呢。因为他们立刻就兴高采烈起来，刚才的怒气全都消失了；他们发出欢呼，引起远处山上的回音，同时也惊动了附近的鸟儿，它们又围着停船处飞起来，发出一阵噪耳的叫声。

　　船长是很机灵的，他当然不在那儿碍事，一溜烟马上就走开了，让西尔弗去安排大家上岸游玩。我觉得船长这么做是很合适的，因为他如果留在甲板上，那就难以装作不了解情况的样子。这是一清二楚的。西尔弗当了船长，手下有很大一帮要造反的船员。我们从船上一点也看不见房屋或是木寨的踪影，因为全被树木掩蔽起来了。我不久就看出了船上有些人是忠实

的伙伴，这些老实人肯定是些笨蛋。要不然，我看事实也可能是这样：所有的船员受了那些带头捣乱的家伙的影响，都有不满的情绪——只是有些人受的影响较大，有些人好一些罢了；还有一些人基本上是好的，无论是受到诱惑，或是受到威胁，都不会变得更坏了。光只袖手旁观，发发牢骚，这是一回事，而夺走大船，谋杀一些无辜的好人，那可完全是另一回事了。

后来结伴上岸去玩的人终于选定了。六个人留在船上，其余的十三个，包括西尔弗在内，开始登上小艇。

这时候我忽然异想天开，动了一个荒唐的念头；这一招后来对于保全我们的性命，起了很大的作用。既然西尔弗把六个人留在船上，我们想守住大船来抵抗，就显然是不行的。可是留下的只有六个人，舱里那一伙人目前就用不着我帮忙，这也是同样明显的事。因此我马上就打定主意，也到岸上去。一眨眼间，我就从船边溜出去了，在最近的一只小船上的前

部,蜷起身子躺下来。差不多就在这时候,那只小艇就被划出去了。

谁也没有注意我,只有前头的桨手问道:"是你吗,吉姆?脑袋别伸出来。"可是西尔弗从另一只船上看见了,却狠狠地朝这边瞪了一眼,大声问是不是我。从那以后,我就后悔不该干这桩冒失事儿。

两只船竞赛起来,拼命往海滩上划,可是我乘的那只船稍稍领先,船身又较轻,桨手也强一些,便在它的伙伴船前面划出老远,船头撞到岸边的树木当中；我就揪住一根树枝，身子顺着弹出去，落到最近的树丛里。这时候西尔弗和其余的人还落在后面一百码远的地方。

"吉姆，吉姆！"我听见他大声嚷道。

不过你可以想得到，我没有理会他；我只顾往前跳，躲躲闪闪，钻过树丛，笔直朝前跑，直到再也跑不动了。

第14章
第一个回合

我摆脱了西尔弗,心里十分高兴,因此我感到很得意,在我初到的这个新奇的海岛上向四周张望了一下,很感兴趣。

我已经穿过一片沼泽地带,那儿长满了柳树、芦苇和一些稀奇古怪的、沼地所特有的树木。现在我已经从那儿走出来,到了一片起伏不平的沙地旷野的边缘,大约有一英里长,稀疏地长着一些松树,还有许多歪歪扭扭的树,长得有点像橡树似的,叶子却像柳树那样的浅色。这片旷野的远方有一座山,山上有两个奇特而峻峭的峰顶,在阳光中闪烁着。

这时候我第一次尝到了探奇的快乐。岛上没有人烟;我把船伴们甩在后面了,我面前除了一些野生的禽兽而外,便没有别的生物。我在树木当中到处走动。处处长着开花的植物,都是我没见过的。我随地看到了蛇,其中有一条从石岩里伸出头来,朝着我咝咝地叫,发出转陀螺那样的声音。我简直没想到它是个致命的死敌,我听到的就是有名的响尾蛇的叫声。

然后我来到一个很长的丛林,那儿长的就是刚才说过的那种像橡树的树木——后来我听说这种树应该叫作常青的橡树——它们生长在一带低洼的沙地上，像是一片荆棘的丛林。树枝弯曲得很奇怪，树叶很密，像屋顶上的茅草一般。这片丛林从一座沙丘的顶上向下延伸，越往前伸展，树林也越来越高，直到后来，它就到了那一片宽阔的芦苇沼泽的边缘；最近的几条小河便有一条从沙地里渗进我们停船的小港里。沼泽地在强烈的阳光中蒸发着，望远镜山的轮廓在迷茫的雾气里颤动。

突然间，芦苇丛中发出一阵骚动的响声。一只野鸭嘎的一声飞起来，接着又有一只，不久就有一大群野鸟，在沼泽的上空盘旋，发出尖叫声。我马上就估计到，我的船友一定有几个人沿着沼泽的边缘走到近处来了。我果然没有猜错；因为我不久就听到远处有个人在低声说话；我再一听，声音就越来越大、越来越响了。

这使我十分恐惧，于是我就在最近的一棵常青橡树的掩护下往前爬，随后就蹲在那儿，仔细听着，像一只老鼠一样，不声不响。

另外一个声音回答着；然后原来那个人的声音又滔滔不绝地接着往下说，只是有时被另外那个人的声音打断一下。我听出先说话的人是西尔弗。从话音推断，他们一定谈得很恳切，而又有些激烈；可是我一句也听不清他们说的是什么事情。

最后两人的谈话似乎是停住了，他们可能是坐下了；因为不但他们不再往我这边走，那些鸟儿也渐渐安静下来，落在沼泽里它们原来所在的地方。

这时候我开始想到，我忘记了自己该干的事情。我想到自己既然冒冒失失地跟这些亡命之徒到岛上来了，现在我至少应该设法偷听他们所谈的事情。我还想到，我有个一清二楚的义务，就是尽可能利用那些矮树的掩护，设法靠近他们。

我不但可以从他们谈话的声音，还可以从这两个入侵者头上还在惊慌地飞着的几只鸟儿的动作，比较准确地弄清那两个人在什么地方。

我趴在地上，沉着、缓慢地朝他们那边爬过去。后来我抬头从树叶的空隙中一望，就能看得见沼泽地旁边那个密密层层长着树木的小山谷里，分明是朗·约翰·西尔弗和另一个船员面对面站在那儿谈话。

太阳直射在他们身上。西尔弗已经把帽子甩在他身旁；他带着几分恳求的神情，抬头望着另外那个人的脸，他那张光滑、白皙的大面孔热得发出闪光。

"伙计，"他说道，"这是因为我很看重你，把你看得很宝贵呢，说实在话！我要不是一个心眼儿为你着想，你说我还会在这儿警告你吗？一切都是明摆着的——你想不出什么主意，没法儿改变了；我给你说这些话，是为了救你的命，要是让那些疯子知道了，我怎么办？汤姆——你说说吧，我怎么办？"

"西尔弗，"另外那个人说——我看得出，他不但涨红了脸，说话的嗓门也很粗，就像老鸹叫那样，他的声音发颤，像一根绷紧了的绳子似的——"西尔弗,"他说道,"你年纪大了,你是个老实人,至少是有这个名声吧;你也有钱,不像许多可怜的水手那样,一无所有;要是我没弄错的话,你也挺有胆量。你倒给我说说,难道你会让那伙坏蛋引上邪路吗?你不会吧!老天在上,我宁死也不干。我要是不守本分——"

突然间,他的话被一阵响声打断了。我发现了一个忠实的伙伴——就在这个时刻,又传来了另一个好伙伴的消息。老远地在那片沼泽里,忽然发出了一个声音,像是愤怒的呼声,然后又在那个喊声的背后,我听到一个响声,接着就是一声拉得很长的惨叫。望远镜山上的岩石发出多次回声,沼泽里的鸟全部飞起来,遮黑了天空,一齐发出拍动翅膀的响声;那声临死的惨叫还在我脑子里响着,过了很久,又恢复了寂静无声的世界,只有群鸟飞落的沙沙响声和远处的海涛声干扰着那个下午的沉闷气氛。

原来汤姆听到远处的声音时,就像一匹挨了靴刺的马似的猛然一跳;可是西尔弗却连眼也不眨一下。他站在原处,若无其事地拄着拐棍,盯着他的伙伴,活像一条准备猛扑的蛇一般。

"约翰!"汤姆伸出手去,喊了一声。

"举起手来!"西尔弗说着,向后面跳出了一码;他跳得飞快,安全无事,在我看来,就像一个老练的运动员一样。

"举起手来,西尔弗,不管你愿不愿意,"另外那个人说道,"你是黑了良心,才会怕我。可是老天在上,我要你告诉我,那是谁呀?"

"那是谁?"西尔弗不住地微笑着回答道。可是他更加警惕了,在他那张大脸上,他的眼睛就像针尖似的,可又像玻璃碴儿那样闪闪发光,"那是谁?啊,我想大概是艾伦吧。"

汤姆一听这话,就像个英雄似的发出愤怒的呼声。

"艾伦!"他喊道,"他可是个好样儿的水手啊,愿他的灵魂安息!说到你呢,约翰·西尔弗,你一向是我的好伙伴!现在你可再也不是我的伙伴了。要是我非得像一条狗似的死去,我也得凭着良心死。你杀死了艾伦,是不是?那么,你把我也杀了吧,只要你办得到。可是我看你不敢。"

这个勇敢的小伙子这么说着,就转过身朝着海滩走去。可是他注定是走不远的。约翰大叫一声,便揪住一根树枝,从他的胳肢窝里拿起拐棍来,把这支怪样的投枪抛出去,在空中发出嗖嗖的响声。这支投枪尖端向前,击中了可怜的汤姆,恰恰射在他两肩中间的背心上,那股猛劲儿实在惊人。他双手向上一伸,喘了一口气,就倒下了。

他受的伤是轻是重,谁也不知道。从拐棍的响声估计,他背上被击中的地方大概是断了骨头。可是他来不及苏醒过来。西尔弗像一只猴子似的敏捷,尽管缺一条腿,又没有拐杖,他可是立刻就扑到了汤姆身上,给那个毫无自卫能力的人连捅两刀,都把他戳穿了。我从隐蔽的地方看去,就能听到他使劲捅那两刀时急喘的声音。

这支投枪尖端向前,击中了可怜的汤姆,恰恰射在他两肩中间的背心上,那股猛劲儿实在惊人。他双手向上一伸,喘了一口气,就倒下了。

我不知道晕倒究竟是怎么回事，可是我的确知道，在那桩事情之后，我只觉得天旋地转，一切都在迷雾之中。西尔弗和那些鸟儿，还有那高高的望远镜山的山顶，都在我眼前回旋，一塌糊涂；耳朵里仿佛听到了各种钟声和远处的叫喊声。

我苏醒过来的时候，那个恶鬼也镇定下来了；他又拄起拐棍，戴上了帽子。就在他面前，汤姆一动不动地趴在草地上；可是那个凶手却毫不在意，只顾在一撮草上擦净那把沾满了血的刀。其他的一切都没有变化，太阳仍旧在无情地曝晒着那片冒出水蒸气的沼泽地和那座高耸的山峰；我很难使自己相信，那儿确实发生过凶杀案，刚才确实有一条人命在我眼前被人残酷地断送了。

可是这时候约翰却把一只手伸进衣袋里，掏出一个哨子，忽高忽低地连吹了几下，哨声响彻炽热的上空。我当然不懂得这个信号的意思，可是这却马上就引起了我的恐惧。更多的人就会过来，我可能会被他们发现。他们已经杀死了两个忠实的伙伴；在汤姆和艾伦之后，是否会轮到我呢？

我立刻就开始脱逃，还是在地上爬行。我拼命地快爬，尽量做到无声无息，朝着树林里比较广阔的地方逃去。我一面脱逃，一面听到那个老海盗和他的伙伴们互相呼应的声音；这就给我添了翅膀，逃得更快了。我离开了灌木林以后，马上就拼命快跑，也不管是往什么方向逃的，只要能离开这些凶手就行了。我跑着，心里越想越害怕，后来终于快吓疯了。

西尔弗像一只猴子似的敏捷,尽管缺一条腿,又没有拐杖,他可是立刻就扑到了汤姆身上,给那个毫无自卫能力的人连捅两刀,都把他戳穿了。

可不是吗，还有谁能比我陷入更孤独的境地呢？信号枪一响，我哪会有胆量跟着这些正在继续进行罪恶勾当的魔鬼到小艇上去呢？头一个看到我的恶鬼难道不会扭着我的脖子，把我弄死，就像扭死一只沙锥鸟那样吗？我一直没有露面，他们难道不会认为这就足以证明我的胆战心惊，因此也就足以证明我知道他们的阴谋了吗？我心想，一切都完了。"希士潘纽拉"号，再见吧！大老爷、大夫、船长，再见吧！我除了活活地饿死，或是死在那些叛乱分子手里，简直是走投无路了。

这当儿，你知道吧，我一面快跑，什么也没有注意，我就跑到了那座两个峰顶的小山脚附近，来到这个岛上的常青橡树长得比较稀疏的地方。从这些树的姿态和大小看来，它们却和森林的树木更为相似。另外还有一些分散的松树同这些常青橡树混杂在一起，有的高达五十英尺，有的将近七十英尺。这儿的空气也比下面的沼泽地旁的较为新鲜。

这儿又有另外一桩吓人的事发生，使我停住了脚步，心里怦怦乱跳。

第15章
岛上奇人

这儿有一处山腰是陡峭的石崖,那上面有一个沙石的尖嘴松开了,轰隆轰隆地从树木当中急滚下来。我的眼睛本能地朝那边望去,便看见一个人形的动物在一棵松树后面飞快地跳动。那究竟是什么,是熊是人或是猴子,我根本就看不清。这东西黑乎乎的,满身长着粗毛。别的我就什么也不知道了。可是这个怪物引起的恐惧却使我站住了。

这时候我似乎是两面都被切断了生路:背后有那些凶手,前面有这个潜藏的怪物。我马上就想到,我宁肯冒我所知道的危险,而不愿冒我所不知道的危险。和这个树林里的家伙比较起来,连西尔弗本人也没有这么可怕;于是我就转过身去,一面回头仔细盯着,一面朝小船所在的地方走。

那个家伙马上又出现了,它绕了个大弯,要赶到我前面。我太累了;可是即使我还像刚苏醒过来的时候那样有精神,要想和这么一个对手赛跑,也只能是妄想。这个家伙在树干当中飞快地跑过,像一只鹿似的,它却是两脚着地,像人一样跑着,可是它跑起来身子弯得几乎着了地,和我所见过的任何人都不同。不过他真的是个人,我再也不用怀疑了。

我开始想到过去听说过的吃人的生番。因此我差点喊起救命来。可是他毕竟是个人,无论他多么野蛮,也使我有几分放心,相比之下,我对西尔弗的恐惧心理又占了上风。因此我又站住了,心中盘算着逃脱的办法。我正在转着这个念头,忽然又想到自己带着手枪。我一记起自己并不是无法自卫,心里就有了一股勇气。于是我果断地把脸转向这个岛上的怪人,轻快地朝他走去。

这回他在一棵树干后面藏起来了;他准是一直在仔细注视着我,因为我开始向他那边走过去的时候,他马上又出现了,还走过来迎接我。然后他又迟疑了一阵,再往回走,然后又向前走过来,最后他猛然跪倒在地上,伸出紧握在一起的双手,

向我求救；这使我大为惊奇，也有些慌张。

我一见这种情景，又站住了。

"你是谁？"我问道。

"贝恩·根。"他回答道。他的声音很粗，也很古怪，像锈了的机枪似的，"我是可怜的贝恩·根，真的；我已经三年没和一个基督徒说过话了。"

现在我看得出，他也像我一样，确实是个白人，甚至还觉得他的相貌是好看的。他的皮肤，凡是露出来的地方，都晒黑了；连嘴唇都是黑的；他那双漂亮的眼睛在那张黑脸上显得十分惊人。在我所见到和想象到的乞丐当中，他是穿得最破烂的。他披着一些船上的旧帆布和旧水手服的碎片；这件拼凑起来的奇特衣服是用铜纽扣和短节的树枝，还有沾满柏油的帆索，乱七八糟连缀在一起的。他在腰上系着一根有铜扣的旧皮带，这是他的全副装束中唯一完整的一件东西。

"三年！"我惊喊道，"你是翻船遇难的吗？"

"不是，伙计，"他说，"是流放在荒岛上的。"

我听到过这种处罚的办法，我知道那是海盗当中常用的一种残酷的惩罚。犯了规的人被甩在遥远的荒岛上，只给他留下少量的弹药。

"三年前就流放在这里了，"他继续说，"从那以后，我就靠吃山羊过日子，还吃草莓和牡蛎之类的东西。我想，一个人不管在什么地方，总有办法活下去。可是，伙计，我心里多么难受，真想吃文明人的食物啊。现在你身边可能没有带着奶酪吧？没有？唉，我在多少个长夜里梦见过奶酪呀——多半是抹在面包上烤过的——一觉醒来，我却还是在这儿。"

"我要是能够再回到船上去的话，"我说，"你就可以有十磅百磅的奶酪。"

我们谈话的时候，他一直在抚摸我的上衣料子，还摸摸我的手，看看我的靴子。在他中断谈话的时候，他每回都因为有了一个伙伴在眼前，流露出一种孩子气的喜悦。可是他听见我最后那句话的时候，却忽然显出一种顽皮的神态来。

"你是说，你要是能再回到船上去？"他学着我的话说道，"嘻，谁不让你去呢？"

"当然不是你啦，我知道。"我这么回答他。

"你这可是说对了，"他大声说，"那么，你——你叫什么名字，伙计？"

"吉姆。"我告诉他。

"吉姆，吉姆，"他显然是十分高兴地说道，"嘻，吉姆，我过了那么苦的日子，你听了都会觉得太丢脸了。好吧，有一件事，我问问你，你可能不会想到我本来有个很信奉上帝的母亲照顾我吧？"他问道。

"噢，不——我不太清楚。"我回答道。

"啊，我确实有呢——她是非常非常虔诚的。我也是个有礼貌的、虔诚的孩子，教义问答我背得滚瓜烂熟，简直快得你连字都听不清了。哎,吉姆,我给你说说后来发生的事情的来由吧。最初是在那可恶的坟场上搞投钱的赌博开头的!这是头一桩事情,后来又越来越学坏了;所以我母亲就对我说,把我后来的下场全都预料到了;她的话果然很灵呢,这虔诚的女人!可是让我上这儿来,却完全是天意。我在这个荒凉的孤岛上,把这一切都想通了,现在又要恢复宗教信仰。你不会发现我喝太多的酒;当然喽,我要是再有头一次机会,也只会稍尝一丁点儿,算是祝福吧。我保证改邪归正,我也知道该怎么办。嘿,吉姆,"说到这儿,他向四周张望了一下,才压低嗓门儿说道,"我是个阔佬呀。"

我觉得这个可怜虫准是在孤独的生活中得了神经病;我一定是流露出了这种想法,因为他又激动地连声说道:

"挺阔!挺阔!我是这么说的。我跟你说实话,我要让你成为一个有出息的人,吉姆。啊,吉姆,你真走运,说实在的,你是头一个发现我的人啊!"

他说到这儿,脸上忽然露出一阵不安的神色,把我的手抓得紧紧的,同时伸出一只食指,在我眼前做出威胁的样子。

"喂,吉姆,你得给我说实话:那是不是弗林特的船?"他问道。

我一听这话,便觉得很受鼓舞,心里十分高兴。我开始相信自己已经找到了一个合作的好伙伴,于是我就

马上回答他。

"这不是弗林特的船,弗林特已经死了;可是你既然问到这个,我就要给你说实话——这船上有弗林特的几个同伴;我们其余的人可就倒霉了。"

"有没有一个独腿的汉子?"他气喘吁吁地问道。

"西尔弗吗?"我问道。

"啊,西尔弗!"他说,"那就是他的名字。"

"他是厨师,还是贼帮的头目呢。"

他还在揪住我的手腕;他一听我这么说,就使劲把我的手扭了一下。

"你要是朗·约翰派来的,我就只好像猪似的让他们宰割了,这我倒是很清楚。可是你想想吧,现在你在什么地方。"

我马上下定了决心,于是就把我们这次航海的全部经过和我们现在所处的困境跟他说了;这就算是给他的回答。他非常感兴趣地听我讲;我讲完之后,他拍拍我的脑袋。

"你是个好孩子,吉姆。"他说,"你们都遭了大难,是不是?好吧,你就相信我贝恩·根吧——我贝恩·根正好能帮个忙。那么,你想想看,要是有人帮了你们那位大老爷的忙,他是不是会慷慨地报答人家呢?——你不是说,他现在遭了大难吗?"

我告诉他说,大老爷是个最慷慨的人。

"哎,可是你要知道,"贝恩·根回答道,"我并不是说要他叫我给他当门房,也不是要当他的跟班;我指望的可不是这个,吉姆。我的意思是说,他会不会肯出一笔较大的钱数,比如说,从他所能得到的钱财里,分一千镑给我呢?那些财宝可是十拿九稳地已经到手了呀。"

"我准知道他肯出这笔钱,"我说,"其实每个人都能分到钱的。"

"还肯让我搭船回去吗?"他很机灵地补了一句。

"嘻,"我大声说道,"大老爷可是个有身份的人。再说,我们除掉了那伙人以后,就得请你帮忙,把大船开回去呢。"

"啊,那就好了。"他说道。这下他似乎很放心了。

"好,我给你说说吧,"他接着往下说,"我只给你说这些,别的不多讲。弗林特埋下那些财宝的时候,我在他的船上。有六个人跟他一道到海岛上来了——六个强壮的水手。他们在岛上差不多待了一个礼拜,我们其余的人就时不时地站在'海象'号船上等候他们回来。有一天天气很好,我们听到一声信号枪,弗林特单独在一只小艇上回来了,他头上包扎着一条蓝围巾。太阳正在上升;他脸色惨白,朝船头张望了一下。可是,你听着,只有他一人,其余六个人全死了——死了也埋了。他是怎么干的,我们在船上的人谁也猜不透。至少是经过一场搏斗、凶杀和暴死——他一人拼过了六个人。毕尔·波恩斯是大副,朗·约翰是舵手,他们问财宝埋在什么地方。'啊,'他说,'你们要是愿意的话,尽可以到岛上去,就在那儿待着。至于大船呢,它还得往别处开,找更多的财宝,不含糊!'

他就是这么说的。

"哼,在那以前三年,我在另一只船上,我们见到过这个岛。'伙计们,'我说道,'弗林特的财宝就在这儿;咱们上岸去把它找出来吧。'船长一听这话,挺不高兴;可是我的船友们都齐心一致,我们就上岸了。他们找财宝找了十二天,他们跟我说话的口气,却一天比一天凶,后来有一天,天气挺好,大伙儿都回大船上去了。他们就说:'你呢,贝恩·根先生,给你这支枪,还有一把铁锹、一把斧头。你就待在这儿,自己去找财宝吧。'

"嘿,吉姆,我在这儿待过三年了,从那以后,连一口文明人吃的东西都没尝过。现在你瞧瞧我这样儿,你瞧瞧吧。我还像个水手吗?不像了,你会说。我自己也说不像了。"

他说到这儿,就眨了眨眼睛,使劲捏了我一下。

"你就把这话给你那位大老爷说说吧,吉姆,"他接着说道,"他确实不像个水手了,你就这么说吧。在这三年里,他一直住在这岛上,不管是白天黑夜,是晴是雨,有时候他也许会想到做做祷告(你就说),有时候他也许会想念他的母亲,只要她还活着的话(你就这么说);可是贝恩·根的时间多半都是用来干一桩别的事情(这话你可得讲清楚)。然后你就捏他一下,像我这样做。"

他用最亲切的态度,又捏了我一下。

"然后呢,"他接着说,"然后你就往下说,就这么说吧:贝恩·根是个好人（你就说），他对一个有良心的正人君子，比对那些黑心肠的海上英雄的信心要大得多——你记住吧，大得多呢——因为他自己就当过海盗呀。"

"噢，"我说道，"你说的话我一句也听不懂。可是那倒没什么关系；要紧的是，我怎么能回到大船上去呢？"

"啊，"他说道，"难处就在这儿。不过我有一条小船，是我亲手做的。我把它拴在那座白山岩底下。要是实在没办法，等天黑以后，咱们就去试一试吧。咦！"他突然嚷道，"这是怎么回事？"

这当儿离太阳落山还有一两个钟头，可是忽然听到一声炮响，全岛发出一阵回声，轰隆轰隆地响起来。

"他们开火了！"我说道，"跟我来。"

于是我就开始往停小船的地方跑，一切恐惧都忘了。这时候那个披着羊皮的落难人却跟在我身边，满不在乎地小跑着。

"左边，左边，"他说道，"往左边走，吉姆老弟！往树底下去！那就是我杀了头一只山羊的地方。现在它们不上这儿来了；它们总是朝山里走，因为它们害怕我贝恩·根。啊！那儿就是分场——（他准是说的坟场）。你看见那些坟堆了吗？有时候我想到该是礼拜天了，就上这儿来祷告。那并不像个教堂的样子，可是那倒是显得有点庄严的派头；还有呢，你看，贝恩·根什么也没有呀——没有教堂，连《圣经》和旗子这类东西都没有，是吧。"

他就这么边走边说,既不希望我搭话,也听不到我的回答。

炮声过后,停了一阵,又传来一阵枪声。又停了一会儿,在我前面四分之一海里的地方,树林上空飘起了英国国旗。

第四部　木寨

第16章
放弃大船的经过
（大夫讲的故事）

两只小艇离开"希士潘纽拉"号上岸去的时候，大约是一点半——照航海的术语说，就是"三钟①"时分。船长、大老爷和我在船舱里商量事情。要是有点风的话，我们就会突击留在船上的六个叛乱分子，解开船缆，往海上溜掉。可是一丝风都没有；更叫我们大伤脑筋的是，亨特又下来报告消息，说是吉姆·霍金斯溜到一条小艇里，和其余的人一道上岸去了。

我们从来没有动过怀疑吉姆·霍金斯的念头，可是我们很为他的安全担心。他和那些闹脾气的人在一起，我们只要能再见到这孩子，那就算运气不错了。我们跑到甲板上去。船缝里的柏油冒出泡来；那儿的一股臭味叫我发晕；要是有谁闻得出热病和痢疾的气味的话，那就是在那个讨厌的停船的地方。那六个坏蛋在前甲板的一个船帆底下坐着发牢骚。我们看见那两

---
① 航船计时，每小时敲钟两次。

只小艇拴在岸边,每只上面坐着一个人,就在那两条小河流进小港的地方附近。其中有一个人吹着口哨,唱出一首英国民歌的一段。

等待是最叫人着急的;我们决定亨特和我乘着单座小艇上岸去探听消息。那两只小艇靠右边停泊着;可是亨特和我却一直往里面划,朝地图上画着木寨的那个方向划去。留在小艇上警戒的那两个家伙看见我们过去了,便显出慌张的样子;歌声停止了,我看得出他们两个正在商量应该怎么办。要是他们上岸去向西尔弗报告,一切结果可能会完全不同。可是我猜他们是奉命不许走开,因此就决定仍旧在原处望着不动,再唱那支民歌。

岸上有一个稍微拐弯的地方,我就把小艇划过去,让那个拐弯的地方隔在我们和那两只小船之间。因此在我们登岸之前,就看不见那两条小船了。我跳出去,壮着胆子小跑起来;为了要凉爽一点,我在帽子底下塞上一条绸手绢,两支手枪都装上了子弹,以防意外。

我还没走上一百码,就来到了木寨前面。

情况是这样:一股清泉几乎从一座山丘顶上冒出来。在小丘上,有人造了一所结实的木头大房子,把泉水围在里面。这所木寨可以在危急的时候容纳二十来人,每一面都有枪眼,可以射击。在这座木寨周围,开出了一片宽阔的空地,再加上一道六英尺高的栅栏,没有装门,也没有出口;既不能不费时间和力气就把它拆开，围攻的人又没有藏身之地。木寨里的人在各方面都占上风；他们躲在里面，平安无事，向外开枪打别人，却像打斑鸠一般。他们所需要的只是严密的警戒和充分的食物。因为除非遭到突然袭击，他们守住这个木寨，就能抵抗一个团的军队。

我特别喜欢的是那股泉水。因为我们在"希士潘纽拉"号的船舱里虽然很满意，有充分的武器和弹药，还有吃的和最好的酒，可就是忽略了一样东西——没有淡水。我正在想着这个问题，忽然听见岛上传来一个临死的人的叫喊声。暴死的事件对于我并不生疏——我曾经在肯伯伦公爵殿下的手下供职，我本人就在封提诺伊战争①受过伤——可是这时候我心跳得厉害。我首先想到的是："吉姆·霍金斯完蛋了。"

经验丰富的军人是有办法的，当过大夫的人更有心计。我们再也不能犹豫了。因此我立刻就打定主意，片刻工夫也不耽误，就回到岸边，跳上小艇。

幸亏亨特是个好划手。我们划得挺快，水花四溅；小艇不久就划到了大船旁边，我就上去了。

我发现他们都很慌张，这是当然的。大老爷面色惨白地坐下，想着他给我们招致的灾难，这位好心人啊！前甲板上的六个水手，也有一个显出焦急的样子，并不比大老爷的神色好多少。

---

① 封提诺伊在比利时境内，1745年5月，英法两军在此交战，英军大败。

"他干这种事还是个生手呢,"斯摩莱特船长朝大老爷那边点点头,说道,"大夫,他听见那一声叫喊,差点晕过去了。再开导开导那个人,他就会跟我们一起干。"

我把我的计划告诉船长,就和他一同商量实现这个计划的详细办法。

我们吩咐雷德鲁斯带着三四支上了子弹的步枪和一床褥垫,做好防护的准备,到船尾的瞭望台上去,在我们的船舱和前甲板之间。亨特把小艇划到船尾窗下面,我和乔伊斯就动手把一些火药罐、步枪和一袋一袋的饼干、一桶一桶的猪肉,还有一桶法国白兰地酒和我那只宝贵的药箱,通通装到小船上去。

同时大老爷和船长留在甲板上,船长便招呼总舵手——他是全船水手头目——和他说话。

"汉兹先生,"他说,"我们这儿有两个人,各有两支手枪。你们这六个人要是有一个发出什么信号,他就休想活命。"

他们非常吃惊;稍稍商量了一会儿之后,就一齐往前舱升降口下面跑,那当然是打算从后面包抄我们。可是他们发现雷德鲁斯在那座圆柱架起的瞭望台上防备着他们,就马上向后转,有一个脑袋又伸到甲板上来了。

"下去,狗东西!"船长喝道。

那个脑袋又缩回去了;随后我们就有一阵子再也没有听见这六个胆小水手的声音了。

这当儿,我们把那些东西从大船上连忙接过来,尽量把小船装满。我和乔伊斯从大船后窗口钻出来，拼命划着小艇，向岸边冲过去。

我们第二次到岛上去，引起了在岸边警戒着的两个贼帮的注意。歌声又停止了；我们刚刚划到那个岬角后面，看不见他们的时候，那两个家伙就有一个急忙跑上岸去不见了。我动了个念头，想改变计划，毁掉他们的小船；可是我恐怕西尔弗他们那一伙可能就在附近，我们要是想多捞一把，也许会什么都得丢光。

我们不久就在上次那个地方着了陆，于是就动手把那些供应品搬到木寨里去。我们三个人搬了第一次，都背着很重的东西，便把它们从栅栏顶上甩到里面去了。然后我们留下乔伊斯看守那些东西——他当然只有一个人，可是他却有六支步枪——我和亨特又回到小船上，再背了一次东西。我们连一口气也没有歇，一直把船上的东西都搬完了；这下就叫两个仆人留在木寨里看守着，我使尽全身的劲，又划着小艇回到"希士潘纽拉"号船上了。

我们要是冒险再运出一小船东西，那似乎是太大胆了，其实不然。当然，他们的有利条件是人多，可是我们的武器却赛过他们的，占了上风。他们在岛上的人没有一个有步枪的；他们还来不及进入手枪射程的时候，我们就有把握至少能把他们收拾掉五六个人。

大老爷在船尾的窗口等着我，他那副发晕的神色已经消失了。他抓住缆索,把它拴住了;我们又拼命地搬东西装到小船上。这回装的是猪肉、火药和饼干,只带了一支步枪,还给大老爷、我、雷德鲁斯和船长每人带了一把短刀。其余的武器和弹药,我们全往四五米深的海水里扔掉了,可以看得见晃亮的钢铁家伙在我们下面的清洁的沙底上,映着太阳闪闪发光。

这时候正在开始退潮,大船绕着铁锚往外转。我们隐隐约约地听见有人呼喊着往那两只小船那边跑。这虽然使我们不用为乔伊斯和亨特担心,因为他们在东边较远的地方,可是这却提醒我们,该往岛上划去了。

我们把小船划到船尾,让斯摩莱特便于上来;雷德鲁斯也

就离开了船尾的瞭望台，跳到小船上来了。

"喂，伙计们，"船长说，"听见了吗？"

前甲板上没有回音。

"我是跟你说话呢，亚伯拉罕·格雷——我在跟你说话呀。"

还是没有回答。

"格雷，"斯摩莱特先生稍微大声地继续说道，"我要离开这条船了，我命令你跟着你的船长走。我知道你本质上是个好人，我看你们那一伙人，谁也不像你们外表上那么坏。现在我手里拿着表，我限你半分钟内跟我来。"

暂时平静了一会儿。

"过来吧，好伙计，"船长又说，"可别老迟疑不决。我在这儿等着你，每一秒钟都在冒着我个人和这些好心人的生命危险呢。"

忽然有一阵扭打，接着又有碰击声，然后亚伯拉罕·格雷一边脸上带着一道刀伤冲出来，走到船长身边，就像一只狗听到主人的口哨声一般。

"我是您这一边的，船长。"他说。

眨眼间，他和船长就跳到我们的小船上；我们连忙划出去，总算逃脱了。

我们完全摆脱了大船，可是还没有安全到达我们的木寨。

第17章

小船的最后一趟行程
（大夫继续讲的故事）

这第五次航行与其他几次都大不一样。第一，我们所乘的那只小小的平底船实在装载得太过重了。一共有五个成年人，其中有三个——屈劳尼、雷德鲁斯和船长——身高六英尺多，这已经超过了小船的运载量。另外再加上那些火药、猪肉和一袋一袋的面包。船尾的上缘接近了水面。有几次船边进了一点水，我们还没有划出一百码，我的裤子和上衣后摆就全都湿透了。

船长叫我们把船上装的东西重新摆一下，我们就设法把它弄得平稳一些。尽管这样，我们还是连气都不敢出。

第二，这时候正赶上退潮——一股急流从小湾里向西涌出来，然后就向南流，顺着海峡冲入大海，这就是那天上午我们划进去靠岸的地方。连这股小小的湍流对我们这只装载过重的小船来说也是有危险的。可是最糟的是，我们被急流冲出了我们原定的航道，使我们离那海岬后面适于登陆的地点远了一些。我们要是任凭那股急流摆布，那就会在那两只小艇旁边靠岸，海盗们随时都可能在那儿出现。

"我没法叫它直向木寨那边去,船长。"我向船长说道。我在船尾掌舵,船长和雷德鲁斯是两条壮汉,他们在两边划桨。"海潮一直把它往外冲。你们能不能多使一把劲儿,划快一些?"

"那就非翻船不可,"他说,"对不起,你非得撑住不行——千万要挺住,一直别扭转航向。"

我试了一试,实验的结果,发现潮水始终在把我们冲向西去,直到我把小船转向正东,也就是说,和我们应该去的方向成了直角。

"照这个速度前进,我们一辈子也靠不了岸。"我说。

"老兄,要是我们只能照这个方向前进,那也就只好这么走。"船长回答道,"我们必须顶着潮水开过去。你瞧,老兄,"他继续说道,"我们要是转入了登陆地点的下风,那就很难说要在什么地方靠岸,还有遭到贼帮小船袭击的危险。不过我们这样前进的时候,潮水一定会缓下来,那时候我们就可以沿着海岸避开敌人往回划。"

"潮水已经缓下来了,"格雷坐在小船的前部,说道,"您可以松一松劲了。"

"谢谢你,伙计。"我若无其事地说道。因为我们都在暗自打定主意,要把他当作自己人看待。

船长忽然又开腔了,我觉得他的声调有点变了。

"大炮!"他说。

"我也想到了那玩意儿。"我说道,因为我估计他想着的准是炮台上的轰击,"他们绝不能把大炮搬到岛上去,即使搬过去了,也不能把它拖着穿过树林,搬到山上去。"

"你往后面瞧瞧,大夫。"船长回答道。

我们完全忘记了那尊长筒九英寸口径的炮,我们看见那五个坏蛋正在炮身旁边忙个不停,给它脱下衣服——这是大伙儿给航行的时候炮身上披着的油布罩子取的名字——这可把我们吓坏了。不但如此,我同时还猛然想起,那些圆形炮弹和火药都留在大船上了,那些坏蛋只要用斧头一砍,他们就会把这些东西全都弄到手了。

"伊斯雷尔当过弗林特的炮手。"格雷粗声粗气地说道。

我们冒着一切危险,把船头直向登陆地点行驶。这时候我们已经摆脱了潮水的冲击,虽然只能轻轻地划,也还是能保持小船的速度;我尽可以叫它稳稳当当地朝着目的地前进。可是最糟糕的是,我照这个航向开船,我们就把小船的侧面转向了"希士潘纽拉"号,而不是船尾向它了,这就给那边的炮火提供了一个大目标,简直像一扇粮仓的大门一般。

我听得见,也看得清,伊斯雷尔·汉兹这个醉鬼把一颗圆形的炮弹扑通一声甩在甲板上。

"谁的枪法最好?"船长问道。

"屈劳尼先生,准没错。"我说。

"屈劳尼先生,请你给我把这几个家伙干掉一个,行不行,老兄？最好是能打中伊斯雷尔。"船长说。

屈劳尼像钢铁一般，非常冷静。他看了看他枪上的引火机。

"喂，"船长说，"你使枪可得稳着点儿，老兄，要不就会把船弄翻了。大伙儿都站好，他开枪的时候，咱们可得把船稳住才行。"

大老爷举起枪，划船停止了，我们都向另一边歪过去，保持平衡；一切都处理得挺好，船上一滴水也没有进。

大船上那几个家伙这时候把大炮在旋轴上掉转来，伊斯雷尔·汉兹拿着装火药的铁条，站在炮口前头，因此就在最暴露的地位。可是我们很不走运；因为屈劳尼刚开枪，汉兹恰好弯下腰去，枪弹在他头上掠过，其余那四个人当中，就有一个中弹倒地了。

死者的叫喊声不但引起了大船上伙伴们的反响，岛上也传来许多人呼应的声音，我往那边望过去，便看见其余的贼帮从树林当中跑出来，赶到那两只小艇上坐下了。

"他们的小船过来了，老兄。"我说道。

"那就使劲划吧,"船长说,"哪怕是划翻了船,也不在乎。咱们要是上不了岸,那可就全都完蛋了。"

"两条小船上只有一条坐上了人,老兄,"我又说,"另外那条小船上的人大概是从陆地上绕过来,要把我们截住吧。"

"他们得拼命跑一阵才行,老兄。"船长回答道,"你知道吧,杰克在岸上。我倒不担心他们,怕的是大船上的炮火。像玩木球戏一样!当丫头的也打得准。大老爷,你看见导火线一动,就告诉我们,我们就停桨。"

这时候我们这只装载过重的小船总算前进得相当快,船上进的水却很少。现在我们已经离岸很近了;再划三四十下,就能靠拢海滩。因为退潮已经在丛集的树木下面留下了一条狭窄的沙滩。那只贼帮的小船,现在不用担心它了;那个小海岬已经把它挡住,我们看不见它了。刚才是退潮妨碍了我们的前进,现在却耽误了追赶我们的敌人,总算是弥补了我们的损失。唯一的危险就是炮火的威胁。

"我要是有胆量,"船长说,"我就停下船,再打死他们一个。"

可是显然看得出,那几个家伙根本就不打算耽误开炮的时间。

那个中弹的人并没有死,那伙坏蛋连看都不看他一眼,我看见他爬开了。

"准备!"大老爷喊道。

"停船!"船长喊道,像是回声那么快。

于是他和雷德鲁斯把桨猛拉一把，结果船尾就整个沉到水里去了。就在这时候，炮声响了。这是吉姆听到的第一次炮声，大老爷的枪声他根本没听见。炮弹从哪儿飞过，我们谁也不大清楚；可是我想大概是在我们头上飞过的，炮弹带来的一股风也许对我们的沉船灾难起了作用。

反正是小船的尾部缓缓地下沉到三英尺深的水里了，只剩下船长和我面对面站着。其余三个人都跌了个倒栽葱，然后又站起来，全身透湿，嘴里噗噗地喷出水来。

好歹总算没有多大损失。大家都保住了命，我们可以安全地蹚水上岸。可是我们运来的东西全都沉到水里了；更糟糕的是，五支枪里只有两支还可以使用。我的一支是我本能地连忙从膝

盖上拿起来,举到头顶上才保住的。船长呢,他用一条子弹带把他的枪拴在肩上;他很机灵,枪机是朝上的。其余三支枪都随着小船沉下去了。

他和雷德鲁斯把桨猛拉一把,结果船尾就整个儿沉到水里去了。就在这时候,炮声响了。更使我们担心的是,我们已经听到岸边的树林里传来嘈杂的人声,离我们越来越近。我们都成了半残废,不但有被截住、进不了木寨的危险,而且还担心亨特和乔伊斯如果遭到那六个人的袭击,他们能否支持得住。

亨特很坚定,这是我们知道的;乔伊斯却叫人信不过——他当个随身的仆人,给主人刷刷衣服,倒是恭恭敬敬,讨人欢喜,可是叫他打仗,却不大合适。

我们心里带着这些顾虑,拼命赶快蹚水上岸,把那只可怜的小船甩在后头,还失去了多半的弹药和食品。

第18章

第一天战斗的结果

（大夫继续讲的故事）

我们用最快的速度跑过隔开我们和木寨的那一片树林；每走一步，海盗们的声音就响得更近了。不久我们就听得见他们的跑步声，还有他们钻过一小片丛林时折断树枝的响声。

我开始感觉到我们不得不大干一场，因此我就看了看我枪上的导火线。

"船长，"我说道，"屈劳尼是个神枪手。把你的枪给他吧；他自己的不中用了。"

他们交换了枪支；自从这次骚乱开始以来，屈劳尼就一直保持着沉默和冷静；他稳定地站了一会儿，看看是否做好了一切应战的准备。同时我发现格雷没有武器，便把我的短刀给了他。

我们看见他往手掌上啐了唾沫，皱起眉头，举起刀来舞动，使刀刃发出嗖嗖的响声。这使我们大家都很高兴。从他身上无论哪一方面看来，这个新手显然是很能出一把力的。

我们再向前走了几步，就来到了那片树林的边缘，看见木寨就在前面。我们跑到木寨南边中间的栅栏外面,正在这时候,就有七个叛乱分子——水手长乔布·安德生领头——在西南角上大叫大嚷地出现了。

他们站住了,似乎是吃了一惊;趁他们还没有清醒过来,不仅是我和大老爷,还有木寨里的亨特和乔伊斯,都来得及开枪射击。这同时打出的四枪打得稀稀落落;可是起了很大作用:敌人有一个确实倒下了,其余几个毫不迟疑地转身就跑,逃到树丛里去了。

我们又装上了子弹,顺着木栅外面走过去,看看那个倒下的敌人。他完全死了——枪弹射穿了他的心脏。

我们开始欢庆我们的成功,可是就在这时候,矮树林里又啪的一声射出一枪来,子弹从我耳边嗖嗖地掠过,可怜的汤姆·雷德鲁斯却挺直地倒到地上了。我和大老爷都还了枪;可是因为我们没有射击的目标,大概是把弹药白白浪费了。

随后我们又装上子弹,转过身去看看可怜的汤姆。

船长和格雷已经在检查他;我一看就知道,一切都晚了。

我相信我们立即还击,又一次把那些叛乱分子打散了,因为我们得以抬着那个流血、呻吟的可怜的猎场老看守人,翻过栅栏,抬进木屋里去,没有再受到干扰。

可怜的好伙伴啊,自从我们遭难以后,直到现在,我们把他安放在木屋里临终的时候,他始终没有说过一句惊讶、抱怨和恐惧的话,连听天由命的话都没有说过。

他曾经在大船的瞭望台上,像一个特洛伊①的勇士那样,趴在掩蔽的垫褥后面抵抗敌人;他曾经默默无言地、顽强地遵守一切命令,表现得十分出色;他比我们大二十来岁,是我们这些人当中最年长的一个;而现在快要死去的,就是他这位不声不响的、有用的老仆人。

大老爷在他身旁跪下去,吻着他的手,像个孩子似的哭起来。

"我快完了吗,大夫?"他问道。

"汤姆,好伙伴,"我说道,"你要升天了。"

"我要是能先开炮揍他们一顿才痛快呢。"他回答道。

"汤姆,"大老爷说,"你说一声原谅我吧,好不好?"

"叫我原谅您,大老爷,那不是太不尊敬了吗?"他回答道,"不过,就这样吧,阿门!"

他沉默了一会儿,又说他希望有人给他做做祷告。

"这是习惯嘛,先生。"他好像是抱歉似的补了一句。过了不久,他再也没有说什么,就闭上了眼睛。

我曾经发现船长的胸部和衣袋都特别鼓胀,这时候他便掏出许多各式各样的东西来——英国国旗,《圣经》,一卷粗绳子,还有钢笔、墨水、航海日志和几磅烟草。他发现围栏里有一棵砍倒了的、去掉了枝叶的较长的松树,便叫亨特帮忙,把它搬

---

① 特洛伊是小亚细亚西南方的一个海岬上的古城,特洛伊人和希腊人曾在此打过十年的仗,这座城最后被希腊人占领。

到木屋拐角的地方竖立起来；那儿的房柱和房梁交叉着，形成一个角位。然后他就爬到屋顶上，亲手把国旗升起来。

他做了这件事，似乎感到极大的宽慰。他回到木屋里，便着手清理搬来的那些东西，仿佛是不把一切别的事情放在心上似的。可是他虽然那么忙，却还是注意到汤姆去世的情况。他做完了清点工作之后，就拿着另外一面国旗，虔敬地覆盖在汤姆的遗体上。

"你别伤心吧，老兄，"他握着大老爷的手，说道，"他这样去世，总算不错嘛；他是为了对船长和主人尽忠，才被人枪杀的。你不要太难受。这也许不大符合神意，可是这是个事实呀。"

然后他把我拉到一边。

"利弗西大夫，"他说，"你和大老爷指望接应的船能在几个礼拜之内来到呢？"

我告诉他说，这不是几个礼拜的问题，而是几个月的问题；要是我们到八月底还不回去，布兰德里就会派船来找我们；可是这个日子不会更早，也不会更迟。

"你可以自己算计算计。"我说道。

"噢，是呀，老兄，"船长搔着头皮回答说，"我们尽量节省老天赐给我们的东西，我也还是觉得太窘了。"

"你这是什么意思？"我问道。

"真可惜啊，老兄，我们失掉了那一船的东西。我说的就是这个。"船长回答道，"火药和枪弹倒还够用。可是食物太少了，太少太少了——利弗西大夫,实在不够吃呢,所以我们减少了那张嘴,也许是有好处的。"

他一面指一指旗子底下那个尸体。

正在这时候,木屋顶上的高空有一颗圆形炮弹飞过,发出一阵吼声和尖啸,猛落在树林里离我们挺远的地方。

"哎呀,"船长说,"尽管放吧!你们已经没有多少弹药了,小伙子们。"

他们又试了一次,这回瞄得准一些,炮弹落在木寨栅栏里,掀起一股沙土,可是还没有更大的损害。

"船长,"大老爷说,"这房子大船上看不见。他们肯定是朝着我们的旗子瞄准。是不是把它收回来合适一些?"

"降旗呀!"船长大声喊道,"不行,老兄,我可不同意!"他刚说出这句话,我想大家都同意了。因为这不但是表示我们的坚强和勇敢的精神,有海员的骨气,也是很好的策略,可以使敌人知道,我们根本不理睬他们的炮轰。

那天晚上,他们不断地轰隆轰隆地发炮。一颗一颗的炮弹不是飞过去了,就是距我们太远,再不就是把围栅里的沙土掀起来;于是他们只好把炮弹发射得很高,结果掉下来就没有力量,埋到松软的沙土里了。我们不用担心炮弹;虽然有一颗炮弹穿过木屋顶,又钻进地板,我们却很快就习以为常,像打板球一样对待这种把戏了。

"现在的情况倒是有点好处,"船长说道,"前面的树林里大概是没有敌人了。潮水也早已退了，我们丢掉的东西应该找回来。要有人敢去把猪肉搬回来才行呢。"

格雷和亨特首先走上前来。他们配备好了武器，从木寨里溜出去；可是这次任务没有成功。那些叛乱分子比我们所想象的还要大胆一些，要不然就是他们对伊斯雷尔的炮火太有信心了。因为他们有四五个人忙着把我们的东西搬走，蹚着水向附近停着的一只小艇走去，那上面还有人摇一摇桨，顶住潮水的冲击。西尔弗在艇尾指挥一切；这时候他们从自己的一个秘密的火药库里取来了步枪，每人分到了一支。

船长坐下来写航海日志，开头一段是这样写的：

> 船长亚历山大·斯摩莱特，船医大卫·利弗西，工匠亚伯拉罕·格雷，东家约翰·屈劳尼，东家的仆人，新水手约翰·亨特和理查·乔伊斯；——船上忠实可靠的人就只这几个了——只带十天的食物，分配定量很低；今日登岸，在金银岛上的木寨升起了英国国旗。东家的仆人、新水手汤姆斯·雷德鲁斯被叛乱分子枪杀了，杂役詹姆斯·霍金斯①

这时候我正在为可怜的吉姆·霍金斯的命运担心。

---

① 詹姆斯·霍金斯是吉姆的全名，吉姆是昵称。

陆地那边传来一阵呼喊声。

"有人在招呼我们呢。"正在站岗的亨特说道。

"大夫,大老爷,船长!喂,亨特,是你吗?"这是来人的喊声。

于是我跑到门口,只见吉姆·霍金斯正向这边跑来。他平安无事地翻过围栅,爬进木寨里。

我跑到门口,只见吉姆·霍金斯正向这边跑来。他平安无事地翻过围栅,爬进木寨里。

第19章

木寨里的要塞

（以下仍由本书主人公吉姆讲述）

贝恩·根一见国旗，马上就站住了，他揪住我的胳臂不让我往前走，就地坐下了。

"好了，"他说，"那边的人是你的朋友，准没错。"

"多半是那些叛乱分子吧。"我回答说。

"是吗！"他大声说，"嘻，像这种地方，除了海盗，谁也不会住进去；要是西尔弗，他就会升起海盗的黑旗，准没错。不，那准是你的朋友们。已经打过一仗了，我估计你的朋友们打了胜仗；现在他们全都上了岸，住进木寨里来了，这是多年以前弗林特建造的。啊，弗林特是个有才能的人，他可真是！除了喝酒之外，谁也不是他的对手。他什么人也不怕，真的；只怕西尔弗——西尔弗可真是个体面人呢。"

"噢，"我说，"也许是这样吧，随它去吧；正是因为这个缘故，我更应该赶快跑过去，和我的朋友在一起。"

"不，伙计，"贝恩·根不同意，"你可别走。你是个好孩子,只要我没弄错的话;可是归根到底,你反正只是个孩子嘛。哼,我贝恩·根可是有心机的。朗姆酒也不能把我引到你要去的地方——朗姆酒也勾引不了我,非得见到你那位真正的正人君子,得到他的保证才行。你不会忘记我的话吧!'把握更大(你就这么说),把握更大得多了'——你说完就掐他一下。"

他又露出那种机灵的神气,第三次拧了我一下。

"用得着贝恩·根的时候,你知道上哪儿去找他,吉姆。就在你今天见到他的地方。来人手里一定要带点白色的东西,只许一个人来。啊!你就这么说吧,'贝恩·根,'——你就说——'他有他的理由。'"

"噢,"我说,"我相信是听懂了。你打算提出一个主意,想要亲自见到大老爷或是大夫;要找你就到我见到你的地方去。就这些吧?"

"什么时候呢,你说?"他又问道。

"嘿,从中午左右到敲六钟①吧。"

"好,"我说,"现在我可以走了吧?"

"你不会忘记吧?"他急切地问道,"你得说:'有他的理由。'有他的理由,这是最重要的一点。咱们可得像男子汉。"他还是揪住我,"好吧,我看你可以走了,吉姆。喂,吉姆,你要是看

---

① "六钟"在这里是指下午三点钟。

见西尔弗,你该不会出卖贝恩·根吧?不管多大压力也不能使你昧良心吧?不会,你说吧。要是他们那些海盗在岛上扎营,吉姆,你说明天早上会不会有几个女人变成寡妇?"

说到这里,他被一声巨响打断了,一颗炮弹从树木中间猛冲过去,栽到沙地里去了;离我们俩谈话的地方还不到一百码。我们俩马上就朝相反的方向各自奔逃。

后来足有一个钟头,连续的炮声震撼着这个海岛,炮弹在树林中噼里啪啦地穿过。我从一处躲避的地方跑到另一处,躲来躲去,老觉得自己在被这些可怕的飞弹追赶着似的。可是快到炮轰结束的时候,我虽然因为炮弹落到木寨那边的次数最多,还不敢上那儿去,可是我多少有点壮胆了。我往东边绕了个大弯,便在岸边的树木当中弯下腰蹑手蹑脚地走动起来。

太阳刚刚落山,海上的微风在树林中吹过,发出窸窸窣窣的响声,把停船的小湾里灰暗的水面拂起了一片微波。海潮已退到老远去了,大片大片的沙滩明显地显露出来。在一天炎热之后,一股寒气透过我的上衣侵袭着我。

"希士潘纽拉"号大帆船还在原处停泊着;船顶上分明飘扬着海盗的黑旗。我正在往船上看的时候,又有一道红色闪光和一声炮响,引起一阵咔嗒咔嗒的回声,又有一颗圆弹尖叫着在空中飞过。这是这次炮轰的最后一弹。

我趴了一会儿,观察着炮轰以后的骚动。有些人在木寨附近的海滩上用斧头砍毁一个什么东西,后来我才发现,就是那只可怜的单座小艇。在河口附近,远处的树木当中有一堆熊熊的大火,在那个地方和大船之间,有一只小艇不断地来回划动;划船的人,我原来看见他们都是很郁闷的,现在却在划桨的时候,像孩子们似的大声吼叫。但是他们叫喊的声调却使人听得出他们是有了醉意。

后来我终于认为可以回到木寨里去了。我所在的地方是远在停船处东边的一片低位沙洲,那儿和骷髅岛隔着一条浅水。现在我一站起来,就在离沙洲更远的地方看见一座孤立的岩石,在灌木丛中矗立着;这座岩石相当高,颜色特别白。我顿时就联想到,那也许就是贝恩·根说过的那座白岩石,日后不知哪一天,要是需要一只小船,我就知道上哪儿去找它。

然后我就在树林中绕着道走,直到我走到木寨的后面,也就是它向着海岸的那一边;不久我就受到了那一伙忠实可靠的亲人的热烈欢迎。

我随即就讲了我所经历的事情,开始向四周张望。这座木屋是用一些没有锯方的松树干建造的——屋顶、墙壁和地板都是一样。地板有几处离沙土的地面大约高出一英尺至一英尺半。门口有一个廊子,在这个门廊下面,一小股泉水从地下涌出,冒到一个相当奇特的人工蓄水池里——照船长的说法,它就像船上的一口大水锅似的,砸破了锅底,埋在沙地里适当的深度。

这座木屋除了房架子以外,几乎是毁得一无所有了;可是在一个角落里,却有一块石板,那是作为炉灶设置的,还有一圈保住火焰的锈铁围子。土丘的斜坡和木栅里面空地上的树木都被砍光了,用来建造木屋;从那些树墩子看来,就可以想见那儿已经毁掉了多么好的一座高大的小树林。砍掉树木以后,大部分的泥土已经被水冲走了,或是积成了土堆;只有这股小溪流从小蓄水池里往下流的地方,还有厚厚的一层羊齿类植物和苔藓在沙地里呈现着绿色。离木寨很近的周围,还有些树木长得很茂盛,又高又密;靠陆地里面这半边全是松树,靠海的那边夹杂着大量的常青橡树。

前面已经说到过的晚间的冷风从那座粗糙木屋的每一条隙缝里嗖嗖地吹进来,在地板上不断地铺上一层细沙。我们的眼睛里有沙子,牙齿上有沙子,饭菜里也有沙子,小蓄水池的水底也有沙子在跳动,活像一锅快要煮开的粥一样。我们的烟囱是屋顶上的一个方洞:只有一小部分的烟是从那儿排出去的,其余的全在屋里到处飘散,使我们不住地咳嗽,直淌眼泪。

更叫人看了难受的是,新手格雷在逃脱那伙叛乱分子的时候受了一处刀伤,现在他脸上已经系上了绷带;可怜的老汤姆·雷德鲁斯还没有埋葬,他挺直地躺在墙边,被覆盖在一面英国国旗下面。

要是让我们闲着的话,大家就都会显出感伤的神色,可是斯摩莱特船长却绝不是这样的人。他把所有的人都叫到他面前,把我们分成两个放哨的小组。大夫、格雷和我是一组;另一组是大老爷、亨特和乔伊斯。我们虽然都很疲倦,却还是有两个人被派出去找柴火。另外还有个人去给雷德鲁斯挖掘坟墓;大夫担任厨师,我被安排在门口站岗;船长本人到处巡视,给我们打气,只要有人需要他帮忙,他就出一把力。

大夫随时出来透透气,让眼睛休息休息,因为他的眼睛差点要熏瞎了。他走过来的时候,总要跟我说一两句话。

"斯摩莱特这个人哪,"他有一次说道,"他比我强。我说这话,是很有意义的,吉姆。"

另外有一次,他走过来,沉默了一会儿。然后把脑袋歪到一边,望着我。

"这个贝恩·根是个好人吗?"他问道。

"我不知道,先生,"我说,"我还摸不清楚,不知道他是否神经正常。"

"你要是认为还有疑问,我看他倒是清醒的,"大夫回答道,"吉姆,你要知道,一个人在荒岛上孤独地过了三年之久,当然就不会像你我这样神经正常。要是他和我们一样,那倒是不近人情了。你不是说他爱吃奶酪吗？"

"是的，爱吃奶酪。"我回答道。

"对了，吉姆，"他说，"你看吃得讲究一点，是大有好处的。你看见我的鼻烟盒了吧，是不是？可是你从来没见过我吸鼻烟；原因是我这只鼻烟盒子里装着一块巴马干酪——意大利出品，非常有营养。就把它给贝恩·根好了！"

晚餐以前，我们把老汤姆埋在沙地里了，大家光着头在微风中站在他周围待了一会儿。

找柴火的人搬了许多进来，可是还不合船长的心愿；他望着那一堆柴火摇摇头，对我们说："明天再干这个活儿，还得多卖点劲才行。"我们吃完猪肉之后，每个人还喝了足足一大杯掺水的白兰地，然后那三个大头目就凑到一起，讨论我们今后的大计。

看来他们似乎是绞尽了脑汁，还不知如何是好，因为我们贮存的食物太少，还等不到支援的船来到，我们就会饿得受不了，被迫投降。他们终于决定，我们最大的希望就是大杀这伙海盗，迫使他们投降，或是乘"希士潘纽拉"号逃去。他们十九个人已经减少到十五个了，还有两个受了伤，其中有一个——在大炮旁边中枪的那个人——即使还没有死，至少也受了重伤。我们每次向他们开枪，总是打得很准，为了活命，干得十分小心。除此之外，我们还有两个得力的帮手——那就是酒和气候。

关于第一点，我们虽然离他们有半英里远，可还是听得见他们大叫大嚷和唱歌的声音，直到深夜为止；至于第二点呢，大夫打赌说，他们在沼泽地里宿营，又没有准备药品，不到一个星期，就会有一半病倒。

"所以，"大夫接着说，"我们只要不先被他们全部打死，他们就得乖乖地乘着大帆船滚蛋。反正只要有一条船就行，我看他们又可以再干海盗这一行了。"

"这是我一辈子第一次失掉的一条船。"斯摩莱特船长说。

你可以想象得到，我简直累得要死；可是到了睡觉的时候，我还是翻来覆去，没有马上睡着；刚一睡着，就像木头一样睡死了。

第二天早晨，别人早就起来了，并且吃过了早点，还给昨天的柴火堆大约增加了一半；这时候我才被一阵喧闹声惊醒过来。

"咦，举了白旗！"我听见有人说。接着马上又听见一声惊喊，有人说道："西尔弗亲自来了！"

我一听这话，就猛跳起来，擦擦眼睛，跑到墙上的一个枪眼那儿往外看去。

第20章

西尔弗的使命

果然不错,木寨外面有两个人,其中有一个摇着一块白布;另外那个就是西尔弗,一成不假,他若无其事地在旁边站着。

那时候还早得很,自从乘船出海以来,这还是最冷的一个早晨。一股寒气侵入骨髓。天空明朗,万里无云,树梢在阳光中映出玫瑰色的光彩。可是在西尔弗和他的副手站着的地方,一切都还在阴暗中;夜里有一片白茫茫的雾障贴着地面从沼泽里缓缓移过来,那两个人就在齐膝深的白雾里站着。寒气和雾障合在一起,说明这个岛上的居住条件之恶劣。那显然是一个潮湿的、热病流行的、不卫生的地方。

"别出门去,伙计们,"船长说道,"这十有九成是个骗局。"

于是他喝住了那个海盗。

"是谁在走?站住,要不我们就开枪。"

"这儿有白旗。"西尔弗喊道。

船长站在门廊里,他很小心地提防着暗算,要避开意外的射击。他转过脸来对我们说:"大夫的一组注意警戒。

请利弗西大夫守住北边,吉姆守住东边,格雷守住西边。后面的一组,一齐把步枪装上子弹。伙计们,打起精神,当心点。"

然后他又向叛乱分子那边转过脸去。

"你拿着白旗来,想干什么?"他大声问道。

这回是另外那个人回答。

"先生,西尔弗船长是特地来讲条件的。"他叫喊道。

"西尔弗船长!我不认识他。他是谁?"船长大声问道。我们还听见他自言自语地说:"船长,是吗?好家伙,这可是升官了呀!"

朗·约翰替他自己回答道:"是我,先生。您跑掉了之后,这些可怜的小伙子们就选我当了船长。"他特别提高声调说出"跑掉了"这三个字,"我们愿意投降,只要能讲妥条件,不发生争吵就行。斯摩莱特船长,我只请求您保证,让我安全离开这个木寨,给我一点时间,让我走远一点,先不忙开枪。"

"伙计,"斯摩莱特船长说道,"我一点也不愿意和你讲话。你要是想和我谈谈,你可以过来,就这样吧。假如有什么鬼把戏,那只有你们才搞这一套,愿上帝保佑你。"

"这就够了,船长,"朗·约翰高高兴兴地大声嚷道,"你说句话就算数了。我知道有身份的人的作风,这是实话。"

我们看得见那个拿白旗的人打算阻止西尔弗。那倒是不足为奇,因为刚才船长的话说得十分傲慢。可是西尔弗对他哈哈大笑,还在他背上拍了一掌,好像是说他那么惊慌,实在太可笑了。他朝木寨走过来，先把他的拐杖扔到木栅里面，抬起那一条腿，精神饱满、非常熟练地跨过木栅，安全地在里面站住了。

说老实话，我承认自己过分注意刚才发生的那些事情，结果我放哨的工作就丝毫不起作用了。事实上，我已经离开了东边的枪眼，悄悄走到船长背后了；这时候他已经在门槛上坐下了，胳臂肘支在膝盖上，双手托着脑袋，定睛注视着泉水从沙地上那口旧铁锅里噗嘟噗嘟地涌出来。他独自哼着《来吧，少男少女们》这首民歌。

西尔弗爬上土丘，非常吃力。大概是因为坡度太陡，树桩太多，沙土松软，他和他的拐杖就像抢风行驶的船一样，使不上劲儿。可是他不声不响地鼓着劲往上爬，终于来到船长面前。他向船长敬了个礼，姿势十分漂亮。他穿着一身最漂亮的衣服：一件宽大的蓝色上衣，钉着很密的铜纽扣，一直垂到膝部，一顶镶着精致花边的帽子戴在后脑勺上。

"你来了，伙计，"船长抬起头来说道，"坐下吧。"

"您不打算让我进去吗，船长？"朗·约翰抱怨道，"清早冷得厉害，确实是这样，先生，在沙地上坐着太够呛了。"

"嘻，西尔弗，"船长说，"你要是愿意做个老实人，那就可以在船上的厨房里坐着嘛。这是你自作自受。你要么就在我船上当厨师——那时候可没有亏待你——要么就当西尔弗船长，做个普普通通的叛乱分子，那就只好

西尔弗爬上土丘,非常吃力。大概是因为坡度太陡,树桩太多,沙土松软,他和他的拐杖就像抢风行驶的船一样,使不上劲儿。

去上绞架！"

"算了，算了，船长，"这位船上的厨师遵照船长的吩咐，在沙地上坐下，回答道，"现在又得请您帮我一把了，没别的事。你们这地方倒是挺惬意的。啊,吉姆也在这儿！祝你早安,吉姆。大夫，我向您敬礼。嘿，你们大伙儿在一起，可以说是一个幸福的家庭呀。"

"伙计，你有什么话要说，就干脆说吧。"船长说道。

"您说得对，斯摩莱特船长，"西尔弗回答道，"公事公办，不含糊。好吧，您听我说，昨晚上你们干得挺漂亮。我承认那是挺漂亮的。你们有几位枪法挺好。我也不否认，我们有些人有点动摇了——也许全都动摇了；也许连我自己也动摇了；这大概就是我来讲条件的原因。可是船长，您听着，这可就不会有第二次了，真的！我们也会多加小心，少喝点酒。您也许以为我们全是些醉鬼。可是我告诉您，我是不爱喝酒的，我要是早醒来一秒钟，就会把你们当场捉住，真的。我去看他的时候，他并没有死，真的。"

"是吗？"斯摩莱特船长极力保持冷静，说道。

西尔弗说的话，他听了简直是莫名其妙，可是你从他的语调里肯定猜不出来。我倒是听出了一点苗头。我又想起了贝恩·根最后说的几句话。我估计头一天夜里，那些海盗喝得烂醉，在篝火周围躺着的时候，他准是光顾了他们一次；我一琢磨，就兴高采烈地猜到我们只需要对付十四个敌人了。

他穿着一身最漂亮的衣服；一件宽大的蓝色上衣，钉着很密的铜纽扣，一直垂到膝部，一顶镶着精致花边的帽子戴在后脑勺上。

"哼,干脆说吧,"西尔弗说道,"我们要那些财宝,也肯定能拿到手——这就是我们的目标!你们只图活命,这是你们的目标。你有一张海图,是不是?"

"也许是吧。"船长回答道。

"啊,你确实有图,我知道。"朗·约翰应声说道,"你对人说话不用这么粗声粗气,这一点好处也没有,你应当懂得这一点。我的意思是,我们要你那张图。嗷,我决不打算伤害你们,我可没这个意思。"

"我可不干,伙计,"船长插嘴说,"你们想干什么,你自己知道,我们不在乎;因为现在你们办不到了,你也明白。"

船长沉着地望着他,还动手装起烟丝来。

"要是亚伯·格雷——"西尔弗叫嚷道。

"住嘴!"斯摩莱特先生大声喝道,"格雷什么也没跟我说,我也没问他什么;再说我还愿意看到你和他和这整个岛全都一扫光,先下地狱去见阎王。伙计,这就是我对你们的想法。"

船长只稍微发了一点脾气,似乎就使西尔弗冷静了一些。他本来是火气越来越大,现在却镇定下来了。

"也许是这样吧,"他说道,"你们这些体面人物认为怎么做合适,怎么做不合适,这要看情况,我管不着。好吧,船长,我看您要抽烟了,我也不客气,陪您抽一袋吧。"

于是他便装上一袋烟抽开了。两人不声不响地坐着抽了好一阵烟，一时互相对视，一时停止抽烟，一时向前伸腰啐口唾沫。瞧着他们这些举动，真像看戏一样有趣。

"好吧，"西尔弗又开口了，"言归正传。你把找财宝用的海图给我，不要再开枪打那些可怜的水手，也不要趁着他们睡着的时候割掉他们的脑袋。你照这么办，我们就给你们两条路，任你们挑选。要么你们就在财宝装上船之后，同我们一道上船，那么，我就发誓保证，在一个什么地方叫你们安全上岸，说一不二。要是这个办法不合你的意，我手下有些伙伴因为受了气，结下了冤仇，他们可是粗野得很，那你们就可以留在这儿，随你们的便。我们可以把粮食分给你们，按人数计算；我保证只要看见头一条船，就跟他们打招呼，叫他们上这儿来把你们接走。你也会承认，这是商量嘛。更满意的条件，你休想得到，休想。我还希望，"他提高嗓门说，"这木头房子里所有的人都能听到我的话，因为我对一个人说的，就是对全体人说的。"

斯摩莱特船长从门槛上站起来，把他的烟灰在左手掌上敲掉。

"说完了吗？"他问道。

"每一句都说完了，嘿呀！"约翰回答道，"你要是拒绝我的条件，那就再也见不到我了，只好让枪弹见面。"

"好极了，"船长说，"现在你听我说吧。你们要是不带武器，一个一个地过来，我就给你们全都戴上手铐，把你们带回英国去,受公正的审判。你们要是不干,我告诉你,我叫亚历山大·斯摩莱特,我升起了国旗,我就要叫你们去见龙王。你们找不到财宝。你们也开不动大帆船,你们当中没有一个配得上开船的。你们也不能和我们打仗——喏,格雷就是从你们那边的五个人当中逃过来的。你们的船走不动了,西尔弗先生;你们停在背风的岸边,你会明白的。我站在这儿跟你说这些话;这是你从我这儿所能听到的最后忠告;对天发誓,下次我再见到你,就要在你背上打一枪。走吧,小子。快滚开,快滚快滚,越快越好。"

西尔弗那副面孔可真是好看呢;他气得要命,两只眼睛都鼓出来了。他甩着烟斗,把烟灰抖出来。

"搀我一把吧!"他大声嚷道。

"我可不管。"船长回答道。

"谁来搀我一把?"他大吼道。

我们谁也没有动。

他像一条恶狗嚎叫似的,发出最下流的骂声,顺着沙地往前爬,直到他抓住了门廊,才勉强站直身子,挂起拐棍来。随后他就往泉水里啐了一口唾沫。

"等着瞧吧!"他叫嚷道,"我可把你们看透了。不出一个钟头,我就要捣毁你们这座破木头房子,像砸破一只酒桶似的。你们笑,老天爷,你们笑吧!不出一个钟头,你们就得上阴间去笑。死掉的就算走运了。"

他恶狠狠地骂了一声，便跌跌撞撞地走开了，在沙地上吃力地往前走，跌了四五跤，才被那个拿白旗的人搀扶着翻过了木栅，然后钻进树林，不见踪影了。

第21章

袭　击

西尔弗刚刚走得看不见了,原来一直仔细监视着他的船长马上就向屋里转过身来,发现除了格雷之外,没有一个人还在守着岗位。这是我们头一次看见他发脾气。

"集合!"他大声吼道。我们都垂头丧气地溜回来,他就说:"格雷,我要在记事本上给你记一功!你有海员的本色,尽了你的职守。屈劳尼先生,我对你真有点吃惊。大夫,我原来总想着你是服过军役的!要是你在封提诺伊就像这样值班,老兄,那你还不如躺在床上睡大觉呢。"

大夫那个小组全在后面几个枪眼那儿,其余的人都在忙着给备用的步枪装子弹,每个人都涨红了脸,当然喽,耳朵里听到的尽是些刺耳的话。

船长一声不响地看了一会儿,随即就说话了。

"伙计们,"他说,"我把西尔弗臭骂了一顿。我故意惹他生气;不出一个钟头,我们就会受到袭击。我们的人手不如他们多,这我用不着跟你们说,可是我们打起来是有掩蔽的；刚才我还以为我们作战是有纪律的呢，现在可不敢自信了。不过只要大家愿意，我毫不怀疑，一定能打败他们。"

然后他又巡视了几遍，据他说，他看到一切都就绪了。

在这所屋子距离较短的两边，东边和西边，只有两个枪眼；门廊所在的南边又有两个，北边还有五个。我们七个人总共足有二十支步枪，柴火摞成了四堆——这就算是桌子吧，每一边中间摆着一张这样的桌子，每张桌子上都摆着一些弹药，还有四支装了子弹的步枪，防守的人顺手就能拿到。屋子当中挂着许多短刀。

"把火灭了吧，"船长说，"寒气已经散了，我们的眼睛可不能让烟熏着。"

那只铁火盆被屈劳尼先生整个儿端出来了，烧过的余烬埋在沙土地里熄灭了。

"霍金斯还没吃早点。霍金斯，你自己去吃吧，回到你的岗位那儿去吃。"斯摩莱特船长继续说道，"打起精神干吧，孩子。你要完成任务，就得先吃饱。亨特，拿白兰地酒来，每人都给一杯。"

船长一面吩咐着办这些事，一面在心里拟订了全部防守计划。

"大夫，你把守门口，"他接着说道，"注意，别暴露自己；站在里面，从门廊里射击。亨特，你守住东边，喏。乔伊斯，你把住西边，伙计。屈劳尼先生，你是神枪手——你和格雷守住北边最长的这一面,这儿有五个枪眼;危险也就在这一边。要是他们能靠拢这里,从我们自己的枪眼里往里开枪,情况就不妙了。霍金斯,你我对开枪都不在行,咱们就在旁边装子弹,出一把力。"

不久正如船长所说,寒气已经消散。太阳升到我们周围那些树顶上的时候,马上就直晒我们外面那片空地,把雾气一扫而光了。地就被晒得滚烫,木屋的木条上的松脂开始融化了。夹克和上衣都被甩开了;衬衫也敞开了颈部,袖子也卷起来了;我们怀着极度热烈和急切的心情,站在各自的岗位上。

一个钟头过去了。

"他妈的!"船长说,"这儿闷热得要死,就像无风带①似的。格雷,你吹吹口哨,招点风②来吧。"

正在这时刻,传来了敌人进攻的消息。

"请问您,船长,"乔伊斯说,"我要是看见有人,就可以开枪吗?"

"我是叫你这么做的!"船长大声说道。

"谢谢您,先生。"乔伊斯还是那么温顺地应声道。

暂时没有什么动静;可是船长回答乔伊斯的话却使我们大家都警觉起来,尽量注意听着,盯着外面——枪手们都把枪拿稳,

---

① 热带有些地方经常没有风,叫作无风带。
② 旧时水手在无风时爱吹口哨,以为可以把风招来。

船长紧闭着嘴唇，皱着眉头，站在木屋中间。

就这样过了几秒钟，乔伊斯忽然打响了第一枪。他的枪声还没有落，围栅外面就从四面八方接连一枪又一枪打开了，就像一群鹅围着叫似的。有几颗子弹打中了木屋，可是一颗也没有打进来；后来硝烟散尽，木寨和它周围的树林却像原先一样平静而空荡。没有一根树枝摆动，也没有枪筒发出闪光，表示敌人还在近处。

"你打中敌人了吗？"船长问道。

"没有，先生，"乔伊斯回答道，"我想是没打中，先生。"

"你说了实话，倒是很好。"斯摩莱特船长低声说道，"霍金斯，再给他装上子弹。大夫，你那一边来了几个人？"

"我看得一清二楚，"利弗西大夫说，"这边放了三枪。我看见三道子弹的闪光——有两道在一起——另一道在西边较远的地方。"

"三枪！"船长应声说道，"屈劳尼先生，你那边打来了几枪？"

可是这并不容易回答。北边打来的枪很多——据大老爷的估计是七枪，格雷说是八九枪。东西两面都只打来了一枪。这就很明显了，敌人的进攻一定会在北面发展，而在其余三面，对方只不过是随便放几枪，表示他们的敌意，打搅打搅我们罢了。可是斯摩莱特船长并没有改变他的部署。他的理由是，假使叛乱分子进了木栅，他们就会占有任何一个没有防御的枪眼，往我们自己的工事里射击我们,像打耗子似的。

我们也没有时间多加考虑。突然间,只听一阵欢呼呐喊,一小群海盗从北边的树林里冲出来,直奔木寨。与此同时,匪徒们又从树林里开火了,一颗步枪子弹射进了门廊,击中了大夫的枪,把它打碎了。

来侵的贼帮像猴子似的翻过木栅。大老爷和格雷接连开枪;三个人倒下了,一个倒在寨围里面,两个往后倒在外面。但是这三个人当中,有一个与其说是受了伤,还不如说是吓坏了,因为他立刻又站起来,马上就钻进树林不见了。

两个送了命,一个逃跑了,四个冲进了我们的防线,站稳了脚跟;同时在树林的掩蔽下,还有七八个,显然是每人有几支步枪,不断地向木屋这边猛烈射击,但是都不起作用。

来犯的四个人大叫大嚷地跑着,直奔木屋,树林里的人响应他们,给他们呐喊助威。我们放了几枪,可是开枪的人手忙脚乱,看来大概是没有一枪打中了。片刻之间,那四个海盗就冲上了土丘,向我们扑过来。

水手长乔布·安德生的头在中间那个枪眼出现了。

"揍他们,一齐开枪——一齐开枪!"他发出响雷一般的吼声。

就在这同一时刻,另一个海盗抓住亨特的枪筒,从他手里夺过了步枪,从枪眼里往外拽,又猛然一击,把这可怜的小伙子打昏了,倒在地上。另外还有一个没有受伤的家伙绕着木屋跑了一遭,忽然出现在门廊下,举起短刀向大夫砍杀。

我们的处境完全逆转了。刚才我们有木屋做掩护,向暴露在外的敌人射击;现在却是我们自己失去了掩护,无力还击了。

木屋里硝烟弥漫,这对我们的安全倒是稍有好处。在一片手枪互击的火光和响声中,双方大叫大嚷,乱成一团;这时候我听到一个响亮的呼声。

"出去,小伙子们,到外面去跟他们搏斗!拼短剑!"船长大声喊道。

我从柴堆上取下一把短刀,同时另外有个人也操起了一把,割破了我的指节,可是我当时并没有觉出来。我冲出门去,来到明亮的阳光之下。有个人紧跟在后面,我不知道是谁。在正前方,大夫正在把袭击他的那个匪徒追下土丘,正在我看到他的时候,他敲掉了那个家伙的刀,把他打得仰倒在地上,给他脸上拉了个大伤口。

"绕着房子跑,小伙子们!绕着房子跑!"船长大声喊道;虽然在那一阵骚乱中,我还是听得出他的声调变了。

我机械地服从他的指挥,往东面转去,举起短刀,绕过屋角往前跑。马上我就面对面碰上了安德生。他大吼一声,把他的腰刀举到头顶上,在阳光中闪闪发亮。我根本没工夫感到恐惧,可是因为对方马上就要砍下来,我突然往旁边一闪,在松软的沙地上没站稳,就一直滚下土坡了。

我最初从门口冲出来的时候,其他的叛乱分子已经拥上木栅，企图全部消灭我们。有一个戴着红睡帽的家伙，把腰刀衔在嘴里，竟自站在木栅顶上，跨进一条腿来。中间相隔的时间极短，我重新站起来的时候，一切还是原来那样，戴红睡帽的那个家伙还没有完全跨进来，另外一个刚刚在木栅外面露出头来。可是就在这一瞬间，战斗结束了，我们获得了胜利。

格雷紧跟在我后面，他趁着那个水手长还没来得及再举刀砍杀的时候，先把他砍倒了。另外有一个家伙正从枪眼外面往里开枪的时候，已经挨了一枪，现在正在地下躺着，连声呻吟，手里拿着的手枪还在冒烟呢。还有一个，我已经看到大夫一刀就把他干掉了。爬过木栅的四个匪徒，只剩下一个还没有收拾掉，他把腰刀丢在战场上，现在正吓得要死，又往木栅外面爬出去。

"开枪——从屋里开枪！"大夫大声喊道，"小伙子们，你们也回屋里去吧。"

但是大伙儿都没注意听他的话，没有人开枪，最后一个进犯的敌人就乘机逃脱，和其余的人一同钻进树林里不见了。在三秒钟之内，来犯的一伙匪徒就有五个被击毙的家伙留在我们这儿了，四个在木栅里面，一个在外面。

大夫、格雷和我飞快地跑进屋里，获得掩蔽。那几个幸存的匪徒丢下步枪逃跑了，很快就会回来。双方随时都可能重新开火。

屋里的硝烟现在多少散开了一些，我们一眼就看得出我们取得这次胜利，付出了多大代价。亨特被打晕了，还

躺在他的枪眼旁边；乔伊斯也在他自己的枪眼旁边躺着，脑袋被打穿了，再也不能动弹了。屋子当中，大老爷搀着船长，两人都是面色苍白。

"船长受伤了。"屈劳尼先生说道。

"他们跑掉了吗？"斯摩莱特船长问道。

"跑得动的都跑了，说实在的，"大夫回答道，"可是他们当中有五个永远也不会跑了。"

"五个！"船长大声说道，"嘿，这又好些了。他们损失五个，我们损失三个，结果我们就成为四对九了。现在的力量对比总比开始的时候好一些了。当时我们是七对十九，也可以说是我们以为是这样，那可真是难以对付啊。"①

---

① 叛乱分子不久就只有八个了，因为被屈劳尼先生击中的那个人受伤后的当天夜里就死了。可是忠诚可靠的这一班人当然是后来才知道这个情况的。——原注

第五部 我的海上历险

第22章
我是怎样开始海上历险的

叛乱分子没有再来侵扰——连树林里一次向我们开枪也没有。照船长的说法："他们今天尝够甜头了。"我们在这个地方太平无事，可以安安静静地检查伤员和做饭。大老爷和我不顾危险，在外面准备饮食；可是虽然在外面，我们却都不知道自己在干什么事，因为我们听到大夫的伤员发出一阵阵高声的呻吟，就吓得要命。

在交战时倒下的八个人当中，只有三个还能呼吸——一个是在枪眼外面被击中的那个海盗，其余两个是亨特和斯摩莱特船长；在这三个人当中，前两名差不多可以算是死了。那个叛乱分子的确是在大夫给他割治伤口时死去的，而亨特则是尽力抢救无效，始终没有恢复知觉。他熬了一整天，呼吸很急促，好像一个老海盗在家里临终时说悔罪的呓语似的。可是他胸部的肋骨已经被捅断了，头骨又在倒地时摔裂了；第二天夜里，不知什么时候，他毫无征兆、不声不响地见上帝去了。

至于船长呢,他的伤势也确实很惨重,可是并不危险。没有哪个器官受到致命伤。安德生的枪弹——因为他是向船长开第一枪的——打断了他的肩胛骨,触及肺部,但并不严重;第二颗子弹只打坏了小腿上的一些肌肉。大夫说,他肯定能恢复健康;可是在医治期间,几个星期以内,他绝不能走动,也不能动一动胳臂,只要能忍得住,就连话也不要说。

我的指节偶然受了那点小伤,那算不了什么。利弗西大夫给我贴上了膏药,还揪了揪我的耳朵,跟我开玩笑。

吃过午饭后,大老爷和大夫在船长身边坐着商议了一会儿;他们痛痛快快地谈够之后,中午已经过了一会儿,大夫便拿起他的帽子和两支手枪,还系上一把腰刀,把海图放在衣袋里,肩上挎起一支步枪,从北边的木栅跨出去,轻快地走进树林。

格雷和我在木屋的另一头坐在一起,故意避开三位头领的会谈;格雷看到大夫的行动,大为惊骇,他从嘴里取出烟斗,竟至忘记再抽它。

"嘻,我的老天爷,"他说,"利弗西大夫疯了吗?"

"啾,不,"我说,"我们这些海员当中,他是头脑最清醒的一个,决不会干冒失事,我敢保证!"

"啾,伙计,"格雷说道,"他也许不疯;可是他要是不疯,那么你听我说,准是我疯了。"

"我断定大夫自有主见,"我回答说,"要是我猜对了的话,他现在是找贝恩·根去了。"

后来事实证明，我的话果然对了。可是同时因为屋里非常闷热，透不过气来，木栅里面那一小块沙地又被中午的太阳晒得火热，我心里就起了另一个念头，那可是无论如何不能算是很对的。我开始想到的是对大夫的羡慕，因为他在凉爽的树荫里走着，到处都有鸟儿欢叫，松树发出一阵清香，而我却是衣服和滚热的树脂粘在一起，身边到处是血，还有几具尸体在四处躺着。我坐在那儿受酷热的折磨，因此我就对这个地方产生了厌恶的心理，和恐惧的心理一样强烈。

那些时候，我一直在洗刷那间木屋，后来我洗刷饭后的全部餐具，这种厌恶和羡慕的心理便越来越强烈了，直到最后，我离食品袋很近，又没有人注意，我便做了逃跑的第一步准备，把两个衣袋里都装满了饼干。

说实话，我是个傻瓜，我打算做的确实是一件愚蠢的、胆大妄为的事情；可是我打定主意，要尽我力之所及，特别谨慎地把这件事情做好。如果遭到什么意外事故，这些饼干至少可以使我不致挨饿，支持到第二天后半天。

我拿到的第二样东西就是两支手枪；我本来就有一个火药筒和一些子弹，因此我就觉得自己已经武装齐备了。

至于我脑子里想出来的计划，那本身总算是不坏的。我要到下面那个沙嘴地带去，那是在东方分隔停船处和大海的地方，我要到那儿去找到我前一天晚上看见的那座白岩，查明那是不是贝恩·根隐藏他的小船的地方。我至今仍然相信，这是很值得做的事情。可是我准知道大人决不会让我离开围栅，因此我唯一的办法就是不辞而别，趁着没有人注意的时候溜出来；这个办法是很不对的，这个举动也就因此成为错误的了。可是我还是个孩子，而且我已经打定主意了。

嘿，事情偏偏很凑巧，我居然有了一个绝妙的机会。大老爷和格雷正在忙着给船长扎绷带；海岸一带没有阻碍；我翻过围栅，赶快逃走，钻进了最密的树丛中；我的伙伴们还没有发现我不在的时候，我就听不到他们的喊声了。

这是我干的第二桩傻事，比第一桩更糟得多，因为我只留下了两个健康的人守住木寨啊；可是这又和第一桩事情一样，对后来挽救我们的性命是有帮助的。

我一直朝海岛的东岸走去，因为我拿定主意，要到沙嘴的海边去，以免被停船处那边发觉。那时候已经是后半下午了，不过还是很热，阳光很足。我继续在树林中穿行的时候，听得见前面远处不但传来了浪涛不断的轰鸣声，还听见树叶摆动和树枝相蹭的响声，这就使我知道海风比平日刮得更猛了。不久就有一阵阵的冷风朝我刮过来。我再往前走了几步，就到了小树林边上空旷的地方，我在那儿看见阳光闪闪的蔚蓝海面，一直伸展到天边，海涛汹涌澎湃，飞溅着水沫，冲向沙滩。

我从来没有看见这个海岛周围的海面有过平静的时候。有时太阳尽管在头上晒得很厉害,一丝儿风也没有,海面平滑,碧蓝,可是这些大浪却照样在海岸外边日夜不停地发出轰隆轰隆的巨响;我简直不敢相信,在这个岛上能有哪个地方,使人听不见海涛的响声。

我非常愉快地在浪涛旁边往前走,后来我想到自己往南走的距离已经够远的了,便钻进一片茂密的树丛隐藏起来,机警地爬上沙嘴的脊顶。

我背后是海,前面是停船处。海风好像是因为刮得太猛,有些疲倦了似的,这时候已经平息下来;随后是从南方和东南方刮来的一阵阵轻微和变化不定的风,带来大片大片的雾气。停船处在骷髅岛背风的一面,平静无波,一片灰白,就像我们初次开船进去的时候那样。"希士潘纽拉"号在那一面明亮的镜子里照出倒影,像图画一般,海盗旗飘扬在船顶上,从桅顶到吃水线都照得清清楚楚。

大帆船旁边停着一只小艇,西尔弗坐在船尾的座位上——这家伙我是随时都认得出的——同时有两个人从尾部的船边上欠出身来,其中有一个戴着红帽子,这就是几个小时以前我看见正在跨过木栅的那个坏蛋。他们显然是在高声谈笑,虽然因为离得太远——大约有一海里左右——他们说了什么话,我当然连一个字也听不清。随后突然听到一阵最可怕、最古怪的尖叫声,起初把我吓得要命,可是我很快就想起了"弗林特船长"①的叫声,甚至还觉得我能看得清它那绚丽的羽毛,就像它在主人的手腕子上栖息时那样。

不久那小艇就离开了大帆船,向岸边驶去;那个戴红帽子的人和他的伙伴就从大帆船的升降口到下面的舱里去了。

正在这时候,太阳已经在望远镜山背后落下了。浓雾集结得很快,天色迅速暗下来了。我知道我必须抓紧时间,才能在那天傍晚找到贝恩·根的小船。

那座白岩在树丛上面矗立着,可以看得相当清楚,可是它在沙嘴那边,大约离我还有八分之一海里远,我走过这一段路,很花了一些时间;我在灌木丛中爬过去,多半需要手足着地才行。我摸着白岩粗糙的岩面的时候,黑夜就将要来到了。正在高岩底下,有一片长着青色草皮的极小的洼地,隐蔽在一道道堤岸和齐膝高的密密的矮树当中,这种植物在那儿长得很茂盛。果然不错,在这片谷地中央,有一个羊皮帐篷,就像吉卜赛人在英国到处流浪时携带的帐篷一样。

我走到洼地里,掀起帐篷的一面,贝恩·根的小船就在那儿——这是他自己做的,如果这也能算是一种自制品的话——这只小船是用硬木做成的一只歪歪斜斜的粗糙活计,上面盖着一块羊皮罩子,毛面朝下。这东西非常小,连我都嫌它太小了,我简直难以想象,它竟能载着一个大人漂浮起来。船上有个桨

---

① 西尔弗给他养的一只鹦鹉取名为"弗林特船长"。——原注

手座位，装得尽可能低，这只是一根横条罢了；还有一副双桨，作为推进器。

当时我还没有见过布立吞人①用柳条编制的小船，可是后来我见到过一个；我要使你知道贝恩·根的小船大致像个什么样子，最好是说它就像人类最初做出的一只最坏的柳条船。可是它却有柳条船的一大长处，因为它特别轻，便于携带。

现在我终于找到了这只小船，你也许会以为我在外面游荡，已经很过瘾了吧。可是这时候我又动了另一个念头，而且一心一意地喜欢这个主意；因此我即使不顾斯摩莱特船长的阻止，也要实现这个计划才行。这就是在夜色的掩护下，悄悄地划过去，割断"希士潘纽拉"号的缆索，叫它在水上漂流，它爱漂到哪里靠岸，都随它的便。我十分肯定地估计，那些叛乱分子那天早晨遭到了挫败之后，他们一定会满心希望起锚，把船开走。我觉得阻止他们这个意图倒是一个好主意。我已经看到他们没有给守船的人留下一只小艇，因此就认为我办这件事，不致冒多大危险。

于是我就坐下来等待天黑，饱餐了一顿饼干。我干这桩事，正好赶上一个千载难逢的最适当的黑夜。现在浓雾已经遮住了整个天空。夕阳的余晖渐渐微弱下来、终于消失了之后，金银岛就笼罩在一片漆黑中了。后来我终于扛起那只小船，跌

---

① 布立吞人是古代住在不列颠南部的一个种族。

跌撞撞地摸索着走出洼地。这时候在停船的小湾里可以看得见的,只有两处亮光。一处是岸上沼泽地里的篝火,战败的海盗们正在那儿的火光中狂饮喧闹。另一处是黑暗中的一点点微弱的灯光,标志着停泊着的大船所在的位置。船身已经顺着退潮转了方向——船头正朝着我这一边——船上仅有的灯光都在船舱里;我所能看到的只有船尾的窗户里射出来的强烈灯火反映在浓雾上的回光。

海潮已经往回退了一些时候,我要走到退潮的边缘,必须涉着浅水经过一长条潮湿的沙滩;我有几次陷入沙子里,直到踝节以上。我再往前走了几步,使了一把劲,便灵巧地把我那只小船的船底朝下,放到水面上了。

后来我终于扛起那只小船,跌跌撞撞地摸索着走出洼地。

第23章

在退潮中

在我和这只小船打完交道之前,我就充分了解了它对我这样身材和体重的人来说,是一只很安全的船。因为它浮力很大,在海上行动又很灵巧。可是它却是一只东倒西歪、脾气倔强、不易驾驭的小家伙。无论你怎么办,它反正是有它的灵活性;它的拿手戏就是不断地旋转。连贝恩·根自己也说过,它是"很难对付的,你得摸透了它的脾气才行"。

我当然不知道它的脾气。它往四面八方乱转,只是不朝我想要去的方向走;大部分时间,船身总是倾斜的,我知道,如果不靠潮水的力量,我根本就没办法使小船前进。总算走运,我划桨虽然白费力气,潮水却还是把我冲着往前走;"希士潘纽拉"号停泊的地方正好合适,我准能靠拢它。

大帆船首先隐隐约约地出现在我前面,仿佛是一个比黑夜更黑的小点点似的,随后它的桅杆和船身逐渐明显起来。这时候我的小船一直往前走着,退潮的劲头越来越大,因此好像是片刻之间,我就到了大船的锚索旁边,把它抓住了。

这时候我的小船一直往前走着，退潮的劲头越来越大，因此好像是片刻之间，我就到了大船的锚索旁边，把它抓住了。

锚索绷得很紧,就像弓弦一般——它把大锚拉得牢固极了。船身周围,在一片黑暗中,退潮的急流哗啦哗啦地奔腾着,好像是一股小山溪似的。只要用我的水手刀砍一下,"希士潘纽拉"号就会随着潮水嗖嗖地漂走了。

这倒是想得挺美;可是我马上又想到,一根绷得很紧的锚索要是忽然被砍断,那就会像一匹甩蹄子的马一样危险。我要是冒冒失失地把"希士潘纽拉"号的锚索砍断,十之八九,我和小船就会被掀到空中去了。

这么一想,我马上就停住了;要不是运气又一次帮了我的大忙,我就只好放弃这个计划了。可是原来从东南和南方吹来的微风在天黑以后已经转为西南风。我正在盘算着怎么办的时候,忽然有一股风冲着"希士潘纽拉"号刮来,把它推进了潮水里。我非常高兴地觉得锚索在我手里松开了,我握着锚索的手有一会儿掉进了水里。

这么一来,我就打定了主意,拿出大刀,用牙齿咬着把它拉开,一股一股地割断锚索,直到只剩两股拽着大船。于是我就悄悄地待着,只待再来一股风,把锚索松一松,我就把最后这两股也割断。

在这段时间里,我一直听见船舱里传来响亮的人声;可是说老实话,我因为一心想着许多事情,便没有注意听。后来我没有别的事可做,就留心听着舱里的声音。

里面说话的人,我听出有一个是舵手伊斯雷尔·汉兹,他过去是给弗林特当过炮手的。另外那一个当然是和我打过交道的那个戴红睡帽的伙计。他们两个显然都喝醉了,而且还在喝酒;因为就在我在外面听着的时候,有一个人带着醉意大喊一声,打开后舱的窗户,扔出一个什么东西来,我估计那是一只空酒瓶。可是他们不但是喝醉了,而且显然是在狂怒。他们互相咒骂的声音,像下冰雹那么响;时时传来大发雷霆的怒骂声,使我想到准会引起一场搏斗。可是每次的争吵总是平静下来,骂声暂时变得低一些,然后再出现一次危机,又毫无结果地平息了。

我看见岛上通明的篝火在岸边的树丛中燃烧得很旺。有人在唱着一支古老的、低沉而单调的水手歌,每一节末尾都带一点消沉和发颤的声调,仿佛是要唱个没完没了似的,只是表现出唱歌的人特别有耐心罢了。我在航行中不止一次听到过这支歌,还记得有这么两句:

可是一同出海的七十五条好汉,
却只有一个还在人间。

我想这是一支小曲,对于那天早晨遭到那么惨重的损失的这一伙人,这支凄凉的小调实在是太恰当了。可是从我所见到的情况看来,这些海盗都是冷酷无情的,就像他们所航行的大海一样。

后来终于又来了一阵微风；大帆船倾斜地动了一下，在黑暗中靠近了一些；我又一次觉得锚索松开了，于是我就狠狠地使了一把劲，把最后的两股绳索割断了。

海风对我的小船没有起多大作用，我却几乎撞到"希士潘纽拉"号的船头上了。同时大帆船在潮水中缓缓地旋转，首尾变了方向。

我拼命挣扎，因为我时时刻刻都担心翻船；我发现自己不能驾着小船一直往前去，便朝大船的船尾那边划。后来我终于摆脱了那位危险的邻居；正当我最后使出那一把猛劲的时候，我双手碰着了一根小绳子，那是从船尾的旁边缒下来的。我马上就把它揪住了。

我为什么要这样做，自己也说不清。起初只是出于本能的动作；可是我揪住绳子以后，发现它系得很牢，好奇心便占了上风，因此我就决定要从船舱的窗往里面看一看。

我双手交替地拽着那根绳子靠拢大船，在我估计离窗口近了的时候，便冒着极大的危险，往上耸出半截身子，就这样看到了船舱的顶部和舱里的一小部分。

这时候大帆船和它的小伴船正在水里相当迅速地轻轻往前漂动；实际上我们已经和岸上的篝火并排了。大船在无数水花不断飞溅的细浪上往前漂；照水手们的行话说，那是船在大声说话呢。我在眼睛还没有达到窗台以上的时候，简直不明白那两个守船人为什么没有警觉。可是我只看了一眼就清楚了；我

我双手交替地拽着那根绳子靠拢大船,在我估计离窗口近了的时候,便冒着极大的危险,往上耸出半截身子,就这样看到了船舱的顶部和舱里的一小部分。

从那只不稳定的小船上也就只敢望那么一眼。我看见汉兹和他的伙伴扭成一团，正在拼个你死我活，各人都用一只手掐住对方的喉管。

我又在座板上坐下了，这倒是恰好不早不晚，因为我差点翻船。我一时什么也看不清，只见那两张暴怒的、涨红了的面孔，在冒烟的油灯下晃来晃去；于是我就闭上眼睛，让它们重新习惯于那一片黑暗。

那支唱个没完的民歌终于完结了，篝火周围那一伙减少了人数的匪帮一齐合唱着我多次听过的那支歌：

　　十五条好汉同在死人箱上——
　　哟嗬嗬，快喝一瓶酒！
　　其余的人都让酒和魔鬼送了命——
　　哟嗬嗬，快喝一瓶酒！

我正在想着，就在此时此刻，酒和魔鬼在"希士潘纽拉"号的船舱里忙成什么样子，我的小艇忽然倾侧了一下，使我吃了一惊。在此同时，它突然偏斜，似乎是要越出航道。说也奇怪，连速度都增加了。

我立刻睁开了眼睛。四周都是细浪滔滔，发出一阵使人毛骨悚然的尖厉的响声，微微闪着粼光。"希士潘纽拉"号也似乎是在它的航道里东摇西摆，我在它后面相隔几码尾随着，回旋前进；我看见它的桅杆衬托着一片漆黑的夜色，左摆右摆；不但如此，我再看了一会儿，就断定它也在向南漂去。

我从肩头往回望了一眼，立刻就吓得心里直跳。正在我后面，就是那一堆熊熊的篝火。潮水转了个直角的弯，卷着那艘高大的帆船和我那只摇摇晃晃的小船往前冲，跑得越来越快，浪花越来越高，响声越来越大，船身通过狭窄的水道，直向大海疾驶而去。

大帆船忽然在我前面猛转了一下，大概是转了二十度。几乎就在这同一时刻，我便听到船上传来一阵一阵的叫喊。我还听见船舱升降口的楼梯上急促的脚步声，就知道那两个醉鬼的争吵终于被打断了，他们已经惊醒过来，感觉到大祸临头了。

我在那只可怜的小船底上直挺挺地躺下，虔诚地把我的灵魂交给了天主。在海峡的尽头，我估计我们一定会被一排猛烈的大浪吞没；那时候我的一切苦难都会迅速地结束；我虽然也许能够忍受死亡的痛苦，可是眼看着不幸的命运正在降临，却是太难受了。

因此我大概是这样躺了几个小时，不断地被波浪来回冲击着，一次又一次被飞来的浪花浸湿了，心里不住地猜测着下一次再遭到冲击就会丧命。我渐渐感到疲倦不堪，虽然在恐怖之中，却还是觉得一阵麻木的感觉侵袭着我的心灵，有时候到了不省人事的地步。直到最后，睡眠终于把我缠住了，我便在那海上颠簸的小船里进入了睡乡，梦见我的老家和那个"本卜司令"老店。

第24章

独木舟的漂流

我醒来的时候,天已经大亮了,我发现自己在金银岛西南角漂流。太阳已经升起,但是还被高大的望远镜山挡住,我还看不见;这座山的悬崖峭壁在这一面几乎是一直伸展到海中。

赫尔波莱因海角和后桅山就在我身边;后桅山上是光秃秃、黑黝黝的,海角由四五十英尺高的悬崖构成,周围有坠落下来的大堆大堆石块。我离海岸还不到四分之一海里,因此首先就想到要划过去登陆。

这个念头我不久就打消了。在那些坠落的石块当中,激浪汹涌咆哮;还有响亮的回声,以及一起一落的浪花飞溅,每一秒钟都连续不停。我要是胆敢再靠拢去,那就会在乱石的岸边撞死,或是在攀登那些突出的悬崖时累得要命,白费气力。

不仅如此;我还看见许多黏糊糊的大怪物——好像是大得无比的软体蜗牛似的——五六十个聚在一起,在岩石的台地上一同爬行,或是自行坠入海中,扑通扑通地响着,它们的嗥叫还使山崖发出回声。

后来我才知道，这些东西叫作海狮，一点也不伤人。可是它们那种怪模怪样，加上登岸的困难和海浪的激荡，就足够使我对这个登陆地点发生反感了。我觉得宁肯在海里挨饿，也不愿冒这些危险。

与此同时，我估计还有一个较好的机会。在赫尔波莱因海角北边，有一个陆地延伸的地带，低潮时便留下一长条黄沙的海滩。再往北一些，还有另一个海角——海图上标志的名称叫作山林海角——覆盖着高大的青松，一直向下伸展到海边。

我记得西尔弗谈到过金银岛全部西岸有一股向北的水流；我从自己的位置看出我已经受到它的影响了，于是我就宁肯把赫尔波莱因海角甩在背后，保留一点气力，试图在那个比较和

善的山林海角登陆。

海上有一股平滑的巨浪。海风从南边平稳而轻柔地刮过来，风向与水流互相配合，波涛起伏，没有浪花。

如果不是这样，我早就丧命了。幸亏情况好转，现在回想起来，我那只轻快的小船居然能跑得那么平稳，真是惊人。我还在船底躺着，只稍微往船边上面望一望，就常常看到一个蓝色的大浪在我旁边翻腾而过。我这个小独木舟却只稍稍跳一下，就像是在弹簧上跳动一般，然后又像小鸟儿那么轻巧地落到大浪的另一边。

过了一会儿，我的胆子就渐渐大了，居然坐起来试试划桨的本领。可是只把重量的安排稍微变更一下，就会使这小船的行动产生强烈的变化。我刚刚开始动弹了一下，它就马上停止跳跃的动作，一直顺着一个坡度很陡的波浪往下冲去，船头深深地钻进另一个大浪，激起一大股浪花。

我被浇得透湿，吓得要命，便连忙恢复我原来的位置。这么一来，小船就似乎是立即变得温和了，又引着我在大浪中轻飘飘地前进。显然它是不愿意受人摆布的，可是我既无法影响它的航向，老照这个速度漂流，我还有什么到达岸边的希望呢？

我渐渐感到极大的恐惧，可是尽管如此，我还是尽量保持镇静。我首先以十分小心的动作，用水手帽子慢慢地把小船里的水舀出去；然后又把眼睛朝船边上面望了一下，便开动脑筋，琢磨这小船有什么诀窍，能在大浪当中安安稳稳地航行。

我发现每个波浪从岸上看来，或是从大船的甲板上看来，虽然像是一座光溜溜的山一样，其实它和陆地上的山脉根本没有什么不同，也是有高峰和光滑的地方，还有山谷的。这小独木舟只要听其自然，它就可以左转右转，仿佛穿梭似的，避开波浪的陡坡和高峰，从低处的地方钻过去。

"噢，我明白了，"我暗自想道，"我显然是必须照原样躺着，不要搞乱平衡；同时也很明显，我可以从船边上伸出一支桨去，随时在平稳的地方摇一两下，使它转向陆地前进。"想到做到，我躺在小船上，用胳臂肘支起上身，保持着非常吃力的姿势，随时轻轻地摇一两下桨，使船头转向岸边。

这是个非常费劲而又迟缓的办法，可是我毕竟是明显地有了进展；我快要靠拢山林海角的时候，虽然知道一定会错过这个海岬，却总算是往东转了几百码。我确实是靠近岸边了，我看得见凉爽青葱的树梢在微风中一齐摇摆，就觉得很有把握，到了下一个海角的时候，准能靠岸，万无一失了。

在这个关键时刻，因为我渴得要命，渐渐觉得熬不住了。头上烈日当空，海面的反射更增加千倍的热力，海水落到我身上又被晒干，水中的盐分使我的嘴唇干结了，这些作用都使我的嗓子发烧，头脑疼痛。眼看着树木近在身边，我的渴望心情几乎使我感到厌烦了。可是潮水不久就把我冲过了这个海岬，我再到了广阔的海面上的时候,竟又看到一幅意外的景象,把我心里转的念头根本改变了。

在我的正前方,不到半海里远,我看到"希士潘纽拉"号扬帆前进。我当然料定自己会被捉住;可是我实在渴得太难受了,一想到会要落到贼帮手里,便不知道究竟是高兴还是发愁。不料我还没有来得及做出结论,便有一阵惊奇完全占据了我的心灵,我除了瞪着眼睛发愣而外,一切念头都消失了。

"希士潘纽拉"号张着主帆和船首的两个三角帆,漂亮的白帆布在阳光中闪闪发亮,像白雪或是银子一般。我最初看见它的时候,它所有的帆都鼓着风;它在向西北方行驶;我估计船上的人是绕着海岛航行,正在开回停泊处去。忽然它开始越来越向西转向,因此我就认为他们是发现了我,便转过头来追赶。可是后来它却转到逆风的方向,突然停住了;它在那儿待了一会儿,船帆迎风抖动起来。

"笨蛋,"我心里说,"他们大概还在烂醉如泥吧。"我又想到斯摩莱特船长要是在场,他就会把他们骂得狗血淋头。

这时候大帆船又渐渐转向下风,再一次扬帆前进,它迅速行驶了一分多钟,又转入逆风,停住不动了。这种变化接连重复了几次。前后左右,东西南北,"希士潘纽拉"号乱冲乱撞一气,每次都是忽起忽止,终于奄拉着帆篷,一动不动了。我终于明白了,船上根本没有人掌舵。如果真是这样,船上的人上哪儿去了呢?我想他们要不是烂醉了,就是弃船逃走了；我要是能上船去，也许还能把它送还给船长呢。

潮水把我的独木舟和大帆船以同样的速度冲向南去。大帆船的航行是野马无缰、走走停停的，它每次停止不动的时间都很长，因此它实际上并没有前进，甚至还倒退了。我要是敢于坐起来划桨，准能赶上它。我的计划颇有冒险的意味，这使我很受鼓舞；我又想起前舱升降口旁边那只水桶，就更加勇气倍增了。

我一下就坐起来，几乎是立刻就受到一股浪花的欢迎，可是这回我却下定了决心，非达到目的不可。我使尽全身的气力，非常小心地划着桨跟在无人掌舵的"希士潘纽拉"号后面。有一次小船里进了许多水，我不得不停下来，把水舀出去，心里就像小鸟儿一样扑腾扑腾地直跳。可是我渐渐摸清了驾驭小船的秘诀，划着它在波浪中穿过去，只是有时船头受到一下冲击，给我脸上溅一些水沫罢了。

现在我迅速地赶上大帆船，看得见舵柄摆来摆去的时候，那上面包的一块铜皮闪闪发光。可是仍然没有人到甲板上来。我不能不猜想船上的人已经逃走了。要不就是那些人在船舱里醉倒了，那我也许可以把舱口封死，使他们出不来，我就能任意摆布这只船了。

大帆船停住不动，过了一些时间——这是对我最不利的。船头几乎是朝着正南方向，船身当然是不住地左右摇转。每次有一部分船帆被风鼓起的时候，它又顺风前进了。我说过这种情况对我是最坏的事，因为它处在这种境地，船帆被风刮得噼里啪啦地响，圆木在甲板上滚来滚去，虽然显得很尴尬，可是它还是继续往前跑，离我越来越远；这不仅是潮水急流的力量，风力的作用当然也是很大的。

不过后来我又有机会了。风力降低了几秒钟，同时潮水又渐渐卷着"希士潘纽拉"号转过身来，船尾终于呈现在我面前了。船舱的窗户仍然是大大地敞开，桌上的灯还在亮着，直到白天也没有熄灭。主帆下垂，像一面旗子似的。要不是有潮水，它是纹丝不动的。

后来那一段时间，我已经离大帆船远了。现在我加倍努力，又渐渐赶上它了。

我离大船一百码的时候，忽然又来了一阵风，它扬起左帆抢风行驶，又像一只燕子那么轻飞似的，一下就跑开了。

我首先感到的是一阵失望，随后却又高兴起来。大船又回转身来，直到船舷正对着我，再继续转过来，它就把我们之间的距离缩短了一半，然后又缩短了三分之二和四分之三了。我看得见风浪在船的前脚下翻腾，激起浪花。我从小独木舟里低处看去，大帆船实在是显得异常高大。

这时候，我猛然清醒过来。我简直来不及多想——没工夫采取行动来挽救自己了。我正在一股大浪的顶上，大帆船却在另一股大浪上猛冲过来。船头的斜桅就在我头顶上。我猛然站直身子，跳了一下，把小独木舟踩到水里去了。我用一只手抓住船头三角帆的帆杆,一只脚踏在支索和转帆索之间。我正在喘着气在那儿缒着的时候,忽然听到一个低沉的撞击声,我就知道大帆船已经向小独木舟冲过去,把它撞上了。这么一来,我就被甩在"希士潘纽拉"号上,没有退路了。

第 25 章

我扯下了海盗旗

我刚抓住船头斜桅稳住脚跟,三角帆就摆动了一下,兜着了另一边的风,发出枪声一般的巨响。大帆船受到这股逆风的冲击,船身直到龙骨都抖动了。可是其他的船帆还在鼓着风,这个三角帆又摆回原处,耷拉下来。

这一下几乎把我抛到海里去;于是我就连忙扶着斜桅退回来,一个倒栽葱,倒在甲板上了。

我在前甲板的背风一面,主帆还在鼓着风,使我看不见后甲板的一部分。一个人也没看到。船板上自从发生叛乱以来,就没有擦洗过,留下了许多脚印;有一只空瓶子敲断了瓶颈,在排水口里滚来滚去,像个活的东西一样。

忽然间,"希士潘纽拉"号转向当风的一面。我背后的两面三角帆啪啦啪啦地响;舵把砰砰地摆来摆去,船身发出一阵令人难受的喘息和颤抖;同时主船杆向内侧一转,帆脚索在滑车里绷得嘎嘎地响,这样我就看得见背风的后甲板了。

那儿果然有两个守船的人：戴红帽子的像一根木杆那样挺直地仰卧着，双臂向两边伸直，像个十字架上的横木似的；他张着嘴唇，露出牙齿。伊斯雷尔·汉兹的身子支撑在舷樯上，下巴抵住胸膛，两手张开，放在甲板上，晒成了棕褐色的面孔有些苍白，像蜡烛一般。

船身一时不断地颠簸和倾侧，像一匹劣马一般，船帆鼓足了风，一时向这边摆动，一时向另一边摆动，帆杠来回摇摆，直到船桅在紧张的拉力下发出沉重的响声。有时船舷外面溅来一片轻飘的浪花，有时船头猛撞大浪，激起冲击的巨响。这条装配得很讲究的大船，现在却比我那只沉入海底的东歪西倒的小独木船所受的风波厉害得多了。

大帆船每次的摇荡都使那个戴红帽子的家伙来回滑动；可是最叫人看了害怕的还是在这种大风大浪中，他的姿势和那副龇牙咧嘴的凶相却始终没有变化。船身每次的摆动也使汉兹的身子更加往下溜，终于躺在甲板上了；他的双脚越来越往前面伸出，整个身子向船尾斜转；因此他的脸就渐渐地使我看不见了。最后除了他的耳朵后半边脑袋之外，我就只能看到前面露出的一绺蹭坏了的卷须。

同时我发现他们两人周围都在船板上留下了许多瘀血，于是我就开始想到他们一定是在醉后暴怒的时候互相厮杀了一场。

正当大船静止不动，我这样安详地望着出神的时候，伊斯雷尔·汉兹却稍稍侧转了身子，发出一阵低沉的呻吟，扭动着身子恢复了我最初看见他的时候那个姿势。他的呻吟表现出疼痛和极度衰弱；我看着他张开下巴颏的那副可怜相，心里十分难受。可是我一想起当初在苹果桶里听见他说的那些话，就再也不怜恤他了。

我向后甲板走去，直到主桅的地方。

"我上船来了，汉兹先生。"我讥讽地说道。

他有气无力地转着眼珠向四周看了看，可是他实在太精疲力竭了，因此也就没有露出惊讶的神色。他所能做到的，只是说了一声："白兰地。"

我想到这下可不能失掉时机；于是我就闪开再一次突然倾斜的帆杠，溜到船尾，顺着升降口的梯子到后舱里去了。

那里面乱得一塌糊涂的情景，你简直想象不到。一切牢牢锁住的地方都被撞开了，为的是寻找那张海图。地板上积了很厚的泥土；匪徒们在他们营地周围的沼泽地里踩了许多泥浆上船之后，就坐在那儿喝酒，或者商议一些事情。舱壁上原来涂了鲜亮的白漆，四周还加了一道金漆的脚线，可是那上面却留下了一双脏手的印迹。随着船身的摇摆，几十只空酒瓶在船舱的各个角落里滚动着，叮叮当当地直响。大夫有一本医书摊开在桌子上，一半书页已经被撕掉了，我想是用来点烟斗的。在这一片混乱之中，油灯还是闪出带烟的亮光，就像棕红涂料那样灰暗的褐色。

我走进酒窖；酒桶全都不见了，瓶装的酒绝大部分已经喝光,酒瓶也扔掉了。不消说,自从发生叛乱以来,他们这些人就没有一个不喝醉的。

我到处搜寻,才给汉兹找到了一只剩下一些白兰地酒的瓶子;我还给自己找到了一些饼干和腌制的蔬菜,还有一大把葡萄干和一块干酪。我拿着这些东西回到甲板上去,把我自己的东西放在舵盘后面,那是这个舵手够不着的地方;然后我又到水龙头那儿喝足了清水,直到这时候,我才把白兰地酒交给汉兹。

他肯定是一下就喝掉了小半瓶,才把酒瓶从嘴里拿出来。

"唉,"他说道,"天哪,我可太需要这东西了!"

这时候我已经在我的角落里坐下来,开始吃东西了。

"伤痛得厉害吗?"我问他。

他嘟嘟囔囔地说着,就像狗叫一样。

"那个大夫要是在船上的话,"他说道,"我一会儿就好过了。可是你瞧,我偏不走运,我就吃亏在这里。那个坏蛋呢,他肯定是死了,没错儿。"他指着那个戴红帽子的人,接着说道,"不管怎么说,他可不是个航海的好汉。你是从哪儿来的?"

"嗷,"我说道,"我上船来是为了要占有这条船,汉兹先生;请你先把我当作你的船长,且听下一步的通知吧。"

他挺不高兴地望着我,可是什么话也没有说。他虽然还显得很不舒服的样子,脸上却又有了一点血色,船身摇摆不定的时候，他还是继续往外出溜，终于稳定下来。

"顺便告诉你吧，"我继续说，"我可不要挂这面旗子，汉兹先生，我征求你的同意，要把它扯掉。宁肯不挂旗，也不要这玩意儿。"

我又避开帆杠，跑到挂旗的绳子那儿，把他们那面该死的黑旗取下来，扔到水里去了。

"上帝保佑英王！"我挥动着小帽子，说道，"西尔弗船长就此完蛋了！"

他用敏锐而狡诈的目光盯着我，下巴一直垂在胸前。

"我估计，"他终于说道，"我估计，霍金斯船长，你好像是想要上岸喽。咱们就来谈谈吧。"

"噢，好吧，"我说道，"满心情愿，汉兹先生。往下说吧。"于是我挺有滋味地吃起东西来。

"这个家伙，"他虚弱无力地向那个尸体点点头，"他叫欧布利恩——是个地道的爱尔兰佬——这个人和我把船上的帆挂起来，打算把它开回去。嗐，他现在已经死了，没错儿——像一块木头似的死了；我不知道让谁来开这条船。我用不着说什么，照我看来，你反正不是这个角色。好吧，你听着，你给我吃的和喝的东西，再给我一条旧围巾或是手绢儿，帮我包扎伤口，你就这么做吧；我就会告诉你怎么开船。这个办法是十分公平合理的，我敢保证。"

"我要告诉你一件事情，"我说，"我不打算回到启德船长的锚地去。我要把船开进北湾,在那儿安安静静地靠岸。"

"你当然该这样做喽,"他大声说道,"嘻,无论怎么说,我也并不是那么个该死的笨蛋。我懂得你的意思,是不是?我试过我的运气,真的,可是我赌输了,你倒是占了上风。北湾吗?好吧,我没意见,真格的!我愿意帮你把船一直开到处决海盗的刑场去,对天发誓,这是实话!"

嘿,我觉得他这话倒是说得有点意思。我们当时就一拍成交了。三分钟之内,我就开着"希士潘纽拉"号顺着风平平稳稳地沿着荒岛的海岸行驶,满心希望在中午之前就能绕过北边的海岬,再趁着潮水上涨的时候,一直开进北湾,就可以把它安全地在海滩边上靠岸,等着退潮的时候登陆。

然后我把舵柄拴住,到船舱里去找自己的箱子,在那里面找到我母亲的一条软绸手绢。我就帮忙用它来把汉兹大腿上受的那道冒血的刀伤包扎起来。他吃了点东西,又喝了一两口白兰地酒之后,就显然有点精神了。他把身子坐直了一些,说话的声音也比较响亮而清晰了,无论在哪一方面,都完全像另一个人了。

微风出色地帮了我们的忙。我们像鸟儿似的乘风飞扬,海岛的岸边迅速闪过,景物时刻都有变化。不久我们就绕过了高地,在长着稀疏的矮小松树的平坦沙滩地带轻快地前进;随后我们又走过了这一带,绕过海岛北端尽头巉岩的群山转角的地方。

我对自己新担任的指挥工作感到兴高采烈,也很喜欢那明朗的、阳光灿烂的天气和海岸的各种不同的景色。现在我有充分的淡水和好吃的食物;而我因为擅自离开了自己的伙伴,一直受着良心的谴责,现在却因为取得了很大的胜利,心里也就平静下来。我觉得要不是那个舵手的一双眼睛在甲板上到处都用嘲弄的神情盯住我,他脸上又不断地露出一种古怪的笑容,我就再也没有什么不称心的事了。他这副笑脸既表示他的痛苦,又显出他的虚弱——那是一种阴沉的、老年人似

的笑容；可是除此之外，还有一点点嘲弄的表情和奸诈的意味，在我工作的时候，他老是狡猾地把我盯住、盯住、盯住，这种神情也就自然流露出来了。

第 26 章

伊斯雷尔·汉兹

海风顺从我们的心愿，现在转向西方了。我们乘着这股顺风，从海岛的东北角绕到北湾的海口，就可以行驶得顺利多了。只是我们没有力气抛锚，在海潮还没有再往上涨以前，又不敢把船冲上沙滩，因此我们就只好白白地耗费时间，无事可做。舵手告诉我怎样停船，我试了几次，终于成功了。于是我们两人就不声不响地坐着，又吃了一顿饭。

"船长，"他终于说道，脸上还是带着那副不自在的笑容，"我的老船友欧布利恩还在这儿；你可不可以把他掀到海里呢？一般说来，我做事都随随便便，我把他干掉了，也不算什么过失；可是我总觉得他留在这儿，有点不大雅观，你说是不是？"

"我还没那么大的力气，我也不愿意干这桩事情，我看还是让他在那儿待着吧。"我说道。

"这条船是很不吉利的——这'希士潘纽拉'号，吉姆。"他眨着眼睛继续说道，"在这'希士潘纽拉'号船上，有许多人被杀了——自从你我从布利斯托上船以后，许多可怜的水手死掉了。我从来没见过这样肮脏的勾当,真的。你瞧,欧布利恩就躺在这儿——他死了,是不是?嗐,可惜我不是个读书人,你可是个能读能算的小伙子;现在要把这事情弄清楚,你是不是认为死了的人就永远死了,还是可以再活过来呢?"

"你可以把一个人的肉体杀死,汉兹先生,可是灵魂却是杀不死的;这你想必已经知道了。"我回答说,"欧布利恩已经到另一个世界去了,可是他也许还在监视着我们呢。"

"啊,"他说,"嗐,这可就倒霉了——看来把人杀了简直是白搭。不过无论如何,据我看来,灵魂算不了什么。我要和灵魂打打交道,吉姆。你倒是干干脆脆地把话说清楚了;我很感谢你,要是你能到下面的舱里去,给我拿——给我拿——嗐,真糟糕!我要的东西,连名字都说不出来了。噢,对了,你给我拿一瓶葡萄酒来,吉姆——这白兰地的酒劲儿太冲,我的脑子受不了。"

舵手说话这样颠三倒四,吞吞吐吐,似乎不大自然;至于他说不想喝白兰地,要喝葡萄酒,我可是一点也不相信。他编的那套鬼话无非是个借口。他想叫我离开甲板——这一点是很明显的;可是目的何在,我却怎么也猜不透。他的眼光始终不和我对视,老是东溜西转,上下打量,一时看看天空,一时瞟一瞟那死去的欧布利恩。时时刻刻,他都堆着笑容,还把舌头往外伸一伸,显出心怀鬼胎和尴尬的样子,连一个小孩子都可以看得出他是在盘算着什么诡计。可是我总是立即回答他的问题，因为我知道这样做才对我有利，也知道我和这么一个笨头笨脑的家伙打交道，很容易一直到底不泄露我的疑心。

"要点葡萄酒吗？"我说，"那好得多了。你要白的还是红的？"

"嗷，他妈的，我看那对我都是一样，船友，"他回答道，"只要是浓一点的，多拿一些就行了，红的白的有什么关系？"

"好吧，"我回答道，"我就给你拿好葡萄酒来，汉兹先生。不过那还得多找一找才行。"

我这么说着，就急急忙忙往升降口下面跑，故意走得很响，然后脱掉皮鞋，顺着那条装着圆柱的过道悄悄地往前跑，登上前舱的梯子，从船头的升降口伸出头去。我知道他不会料到我会在那儿出现；可是我尽量小心；果然我对所料到的最坏的事情估计得太准确了。

他已经从半卧的姿势变为双手双膝着地；他移动的时候，腿部虽然痛得非常厉害——因为我听得见他抑制住的痛苦的哼声——可是他爬过甲板时，动作却相当迅速。只有半分钟的工夫,他就爬到了左舷排水孔那儿，从一捆绳子里取出一把长刀来，那也许还不如说是一柄短剑,刀刃上沾满了血迹,直到刀把为止。他把它看了一会儿，伸出下巴，把刀尖在手上试了一试，然后急急忙忙地把它藏在夹克的胸前，又爬回原处，背靠舷樯坐着。

我所要知道的也就是这些情况。伊斯雷尔还能动弹；他现在有武器了；他刚才既然想方设法叫我离开他身边，他所要谋害的人当然就是我。他把我干掉之后，打算怎么办——究竟是想要从北湾一直爬回沼泽中的营地，还是要放射大炮，相信他的伙伴们会先来救他，我当然是不得而知了。

不过有一件事我觉得还可以信得过他，因为那是我们的利害凑巧一致的共同点，那就是怎样处置大帆船的问题。我们两个都希望让它在一个隐蔽的地方搁浅，安全无事，只待时候一到，我们就可以不费多大气力，不冒危险，再把它开走；在这一招没有做到以前，我认为我的性命是可以保住的。

我心里盘算着这件事情的时候，手脚却没有闲住。我又偷偷地回到船舱里，再把皮鞋穿上，随便伸手拿起一瓶葡萄酒，靠它掩饰刚才的行动，又回到甲板上来了。

汉兹还像我离开他的时候那样待着，全身缩成了一团；他把眼睑向下，仿佛他是因为身体太虚弱，见不得强烈的光线似的。可是我走过来的时候，他便抬头望着我；随即像一个老手那样，敲掉瓶颈，痛痛快快地喝了一大口，还说了一声"运气来了！"这是他最爱说的一句祝酒词。然后他就不声不响地待了一会儿，随即拿出一卷烟叶，求我给他切下一小块来。

"你给我切下一块吧，"他说道，"因为我没有小刀，也没有力气，不像过去那么方便。啊，吉姆，吉姆，我看我是一败涂地了！你给我切一块烟叶吧，这可能是最后一次了，小伙子；因为我快回老家了，准没错。"

"噢，"我说，"我给你切点烟叶；可是我要是你的话，既然觉得自己到了这么倒霉的地步，我就会要做祷告，像个基督教徒的样子。"

"为什么？"他说，"你给我讲清楚吧。"

"为什么？"我大声说道，"你刚才还问我关于死人的事情呢。你不讲信用嘛，你这一辈子尽干些犯罪、骗人和杀人的事；眼前就有你杀掉的一个人在你脚旁边躺着，你还问我为什么！上帝保佑，汉兹先生，就是这个道理。"

我想到他藏在衣袋里的那把短剑，想到他下了狠心，要把我杀死，说起话来就带点火气。他却喝了一大口酒，用最庄重的口气说了一些话。

"三十年来，"他说道，"我一直漂洋过海，好歹善恶我都见过，或好或坏的天气，断粮的事情，动刀杀人的事情，如此等等，我都见得多了。可是我告诉你吧，我从来就没见过什么善有善报。我最相信的是先下手为强，死狗是不会咬人的；这就是我的看法——阿门，就这样吧。"他突然换了声调，接着说道，"喂，你听我说，咱俩耍的这套把戏，已经很够了。现在潮水已经涨足了。你只要听我的指挥，霍金斯船长，我们就可以稳稳当当地一直开进去，万事大吉。"

我们需要航行的路程，总共还不到两海里；可是开船却很吃力，这个北部锚地的入口不但又窄又浅，而且是

东拐西拐,因此这条大帆船必须驾驶得很灵巧,才能开得进去。我觉得自己是个灵活的好副手,我也深信汉兹是个最出色的舵手;因为我们左转右转、东躲西闪地往里开,蹭着岸边,一直都操纵得很准,很利索,真叫人看了痛快。

我们刚刚开近海岬,就被陆地环绕起来了。北湾的岸边也像南边那个停船处一样,长着茂密的树林。可是那块地方比南边的停船处要长一些、窄一些,更像一个河口的港湾,实际上也正是这么个地方。在我们的正前方,港湾的南端,我们看见一条破烂得不成样子的沉船。它是一条三桅的大船,可是它已经在那儿待了多年,任凭风吹雨打,受尽了毁损;因此船体上挂满了湿漉漉的海藻。像蜘蛛网似的,破船的甲板上已经有一些矮树生了根,现在还开着繁茂的花。这是个凄凉的景物,可是它却向我们说明了这个锚地是风平浪静的。

"喂,"汉兹说,"你瞧,那儿有一块宝贝小地方,正好把船开到那上面去搁浅起来。"平坦的细沙滩,连一丝儿小风都没有,四面都长满了树,那只破船上还盛开着花,像个花园似的。

"那么搁浅了以后,"我问道,"我们又怎么把它开出去呢?"

"嗐,就这样吧,"他回答道,"你趁低潮的时候,拿一根绳子在对面上岸去:绕着一棵大松树转一圈,再把它牵回来,在绞盘上绕一圈,就这样把船停住,等着涨潮。潮水涨足了,大家就使劲拽着那根绳子,大船就自然会乖乖地离开岸边。喂,小伙子，你现在要准备好。我们靠近那个地方了，船往那上面冲，劲头太猛了。稍向右舷——对——稳住——右舷——稍向左舷转——稳住——稳住！"

他就这样发出命令，我服从他的指挥，紧张得透不过气来；直到后来，他忽然大声喊道："喂，伙计，抢风！"我就使劲按住舵把，"希士潘纽拉"号很快就掉转过来，船头一直对着那树木丛生的岸边低地驶去。

原来我一直仔细盯住这个舵手，可是刚才驾船的那些灵活动作使我大为兴奋，我就放松了对他的监视。就在这个时刻，我也还是很感兴趣，一心等着船靠岸，因此我就完全忘记了自己所面临的危险，只顾伸长脖子，朝右舷的船边往外望去，看着细浪在船头前面大幅度地展开。要不是忽然有一阵不安的感觉袭上心头，使我掉转头来，我就会马上被砍倒，连挣扎着逃命都来不及了。也许是我听见了吱嘎的响声，或是我从眼角瞟见了他的身影在移动，再不然就是出于像猫一样的本能；总之，千真万确，我回头一看，就发现汉兹右手拿着那把短剑，向我奔来，已经走到半路了。

我们的视线相遇的时候，一定是两人同时大声叫喊起来了。可是我发出的是一声恐怖的尖叫，而他却像一头猛冲的牛似的怒吼一声。在那同时惊呼的一刹那间，他向我猛扑过来，我却向船头的一边跳开。我这么一闪，便抓住了舵把，叫它向背风的一面猛然弹回去；我想这一下就救了我的命，因为舵柄击中了汉兹的胸膛,使他晕倒了一会儿,把他阻止住了。

在他还没有苏醒过来以前,我就安全地脱离了他把我逼到的角落,可以在整个甲板上到处乱跑来闪避他。我在主桅的正前方站住了,他虽然已经再回转身来,对直追我,我却从衣袋里掏出一支手枪来,沉着地瞄准他,扳动了枪机。撞针落下了,却既看不到火光,也听不见响声;原来是引火药被海水浸湿了,失去了作用。我咒骂自己不该粗心大意。我为什么没有早点把我仅有的两件武器换换火药,装上子弹呢?那我就不会像现在这样,在这个屠夫前面逃跑,简直像一只绵羊一般。

他尽管受了伤,却能跑得飞快,实在令人吃惊;他的斑白头发在脸上披散着,面孔本身也因慌忙和暴怒,涨得通红,好像一面红色小军旗似的。我没工夫再试用另一支手枪,实际上也没有多动这个念头,因为我准知道它也没有用处了。有一件事我看得很清楚:我绝不能只是在他前面逃跑,否则他很快就会把我逼到船头的角落里,就像刚才他几乎在船尾逼得我无路可逃一般。假使我被他逼到这个地步,那把血迹斑斑的短剑就会有十来英寸戳进我身上,成为我在人间的最后一次经验了。于是我把双手按在主桅上,这根桅杆是挺大的;我在那儿等待着,全部神经都紧张极了。

他发现我有意闪避,也就停住了脚步。他装模作样地做出一些架势,过了一两分钟,同时我也就装出相应的动作来对付他。这正是我小时候在老家的黑山湾的岩石周围常常耍的一套把戏；可是你当然知道，过去我从来没有像现在这样心头猛跳。尽管如此，我还是觉得这不过是一场儿戏，我完全可以应付得了，不怕这个大腿受了伤的中年水手。事实上，我的勇气开始高涨，因此我在那紧急关头居然还考虑到这桩事情的结局究竟会是怎样。一方面我确有把握，相信我一定能坚持到底，同时我却又估计到，想要最后逃脱，是没有什么希望的。

就在这种情况下，"希士潘纽拉"号忽然在沙滩上搁浅了，船身摇晃了一下，然后像是受到冲击似的，迅速地往左舷倾斜，直到甲板和水面成了四十五度角，大约有一大桶的水冲到船上的排水口里来了，在甲板和舷樯之间聚成了一个大水潭。

我们两人马上都被掀倒了，几乎是一同滚到排水口里；戴红帽子的尸体还是伸开双臂，在我们后面直挺挺地溜过来。我们离得太近，我的头碰着了舵手的脚，只听啪啦一声，我的牙齿都碰响了。我的脑袋虽然受了撞击，我却还是先站了起来；因为汉兹已经和尸体纠缠在一起了。船身的突然倾斜使得甲板上不能跑动；我不得不另想脱逃的办法，而且非立刻就做到不可，因为我的仇人几乎碰着我了。我刚一转念，立即猛跳到后桅的几根支索当中，轮换着双手急忙往上爬，直到我稳坐在桅顶的横杠上的时候，才喘了一口气。

我因为动作迅速，才救了自己的命；我往上逃的时候，那把短剑只差半英尺就要击中我了；伊斯雷尔·汉兹张着嘴站在底下，仰面望着我，显出一副十足的惊讶和失望的神情。

现在我有了一阵从容自在的时候,便抓紧这个机会,把手枪的引火药换了;然后有了这一支枪可以随时使用,我为了加倍保险,又着手把另一支枪的弹药退出来,重新装好。

我干这些事情,使汉兹大为惊慌;他开始看到他的处境已经对他不利,于是经过一阵明显的迟疑之后,便把短剑衔在嘴里,吃力地攀着那些支索,忍住疼痛,慢慢地爬上来。他拖着那条伤腿往上爬,不知花了多少时间,一面爬,一面不住地呻吟;在他爬过一小半的距离以前,我已经悄悄地把一切都准备完了。然后我双手各执一支手枪,对他说道:"你再上来一步,汉兹先生,我就打碎你的脑袋。死狗是不会咬人的,这你当然知道啦。"我嘻嘻地笑着,补了这一句。

他立即停住了。我看得见他脸上抽搐的表情,便知道他是在暗自打主意;这个过程是迟缓而吃力的,因此我就在刚刚找到的安全位置上哈哈大笑。最后他咽了一两口唾沫,终于开口说话,脸上还是带着那副十分困惑的神情。为了要说话,他不得不从嘴里取出那把短剑来;除此以外,他没有什么变化。

"吉姆,"他说道,"我看咱俩是犯规了,不大公平,咱们得讲好条件才行。要不是船身歪了那一下,我就会把你逮住了;可是我偏不走运,真是。我看我不得不投降了,可是你瞧,像我这么个航海的老手向你这船上的小伙计投降,这可实在是太难堪了,吉姆。"

我双手各执一支手枪，对他说道："你再上来一步，汉兹先生，我就打碎你的脑袋。死狗是不会咬人的，这你当然知道啦。"

我得意忘形，活像一只站在墙头上的公鸡一般，正在仔细玩味着他的话，一面笑个不停，没料到突然一下，他把右手往肩膀上一举。有个什么东西像一支箭似的在空中嗖嗖地响着，我感到自己被击中了，随后就是一阵剧痛，我发现自己的肩膀被钉住在桅杆上了。在当时那一阵急剧的痛苦和极大的惊骇当中，我的两支手枪同时开火了，而且都从我手里掉下去了——我很难说那是我自愿这样做的，而且我知道我绝不是有意识地对准什么目标开枪的。而且掉下去的不只是那两支手枪，那位舵手从拉索上松开了双手，发出一声憋不住的叫喊，便一个倒栽葱，落入水中了。

第 27 章
西班牙八字银角

由于船身的倾斜,桅杆在水面上伸出很远,我在船桅顶上的横杠上坐着,下面所能看到的就只有海湾的水面了。

汉兹爬上去没有那么高,因此他就离船较近,是在我与船舷之间落水的。他满身水沫和血迹,再往水面上浮出了一下,然后又沉下去,再也没有出来。水面平静下来之后,我看见他在船边的阴影下缩成一团,落在干净而明亮的水中沙地上。有一两条鱼从他的尸体旁边飞速地游过。有时随着水波的荡漾,他似乎是稍稍动一动,仿佛是想要起来。不过尽管如此,他在受了枪击和水淹之后,毕竟是确实死了,就在他谋杀我的地方,自己却要葬身鱼腹了。

我刚刚弄清楚这种情况,就开始感到难受、发晕和恐惧。热血又涌上我的肩背和胸膛。短剑把我的肩膀钉在桅杆上了,它在那儿好像是一个赤热的铁块似的滚烫。可是使我那么感到苦痛的却并不是这种真正的伤痛,因为我似乎觉得自己可以忍受这种痛苦,连哼都不会哼一声。实际上使我焦急的却是我害怕自己从桅顶的横杠上掉进那平静的碧绿海水里，靠近那个舵手身旁。

我用双手紧紧抓住横杠，连指甲都痛起来了；我闭上眼睛，似乎是要把面临的危险掩盖起来。可是我渐渐清醒过来，脉搏也稳定了，我也就再一次恢复了常态。

我的第一个念头就是要把短剑拔下来；可是也许是因为它钉得太牢，或是因为我怕痛，不敢动它，我就猛烈地颤抖了一下，没有动手。说来也奇怪，就这么一抖，居然解决了问题。事实上，短剑只要再差一点点，就会根本刺不着我。它只稍微刺穿了我的一点皮肤，我一抖动，就把那点皮扯破了。血当然是流得更快一些；可是我又成了自己的主人，只是我的上衣和衬衫还钉在桅杆上罢了。

我使劲摆动了一下，就把衣服拽下来了；随后我就顺着右舷的帆索溜到了甲板上。我经过这次震惊之后，无论如何再也不敢冒着危险从伸出海面的左舷的帆索溜下来，因为刚才伊斯雷尔就是从那上面掉到海里去的。

我到舱里去，尽量设法包扎伤口，伤处痛得厉害，血还在畅流；可是伤口并不深，也没什么危险；我使用胳膊的时候，也并不太难受。然后我向四周张望一下，这时候因为这条船可以算是属于我的了，我就开始想到要把那个最后的客人弄掉——那就是已死的欧布利恩。

前面已经说过，他是猛撞在船舷壁上的，就像一个丑陋和可怕的木偶似的躺在那儿；尽管有人体那样大小，现在他的肤色和活人的姿态却已经变样了！他在那么个位置，我可以轻易处置他；我已经习惯于悲惨的冒险生活，对死人的恐惧心理早已逐渐消失，于是我就抱住他的腰身，像一袋糠皮一样，使了一把劲，把他掀到了海里。他掉下水去，发出了一阵响亮的噼啪声。红帽子浮起来，在水面上漂了一会儿；溅水的响声刚一平息下来，我就看见他和伊斯雷尔紧靠在一起，两人都随着海水的颤动摇摆了几下。欧布利恩虽然还很年轻，脑袋却是光秃秃的。他们躺在那儿，那个光脑袋压在杀死他的那个人的膝盖上，游得飞快的鱼在他们上面转来转去。

现在船上只剩下我一人了；海潮刚刚上涨。太阳很快就要落山了，西海岸的松树影子一直横过锚地，照射到甲板上，投下了一些图案。晚风已经刮起来了，虽然东方有一座两个峰顶的山挡住，船上绷着的绳索却开始轻柔地自行唱起歌来，懒散的船帆啪啦啪啦地来回发出响声。

我开始发现船上有了危险。我连忙把那两面三角旗取下来，摔到甲板上；可是主帆却是难以对付的。当然，大帆船倾侧的时候，帆杠倒到船舷外边去了，帆杠的顶端和一两英尺船帆浸到了水里。我觉得这就使情况更加危险；可是我的神经太紧张，因此我简直有点怕管这桩事了。后来我拿起刀来，割断了扬帆索。纵帆的顶部立即掉了下来，一大块鼓起的帆布浮在水面上；我拼命使劲拽，也拉不动这块掉下去的东西；我竭尽全力，就只能做到这一步了。其余的事，就只好叫"希士潘纽拉"号听天由命，像我自己一样。

这时候整个锚地已经落入太阳的阴影中了——我记得落日的余晖穿进一片林中空地，照到那条沉船上覆盖着的一片花草上，像宝石一般，闪闪发光。我开始感到寒气袭来；潮水迅速地向海面飞奔，大帆船越来越靠船梁的末端支撑着稳定下来了。

我向前面爬过去，往外张望了一番。海水似乎很浅，我双手揪住那两截割断了的帆索，作为最后安全的保证，便轻轻地从船边下去了。海水还没有齐腰深；沙地很坚实，面上有细浪留下的波纹痕迹；我兴致勃勃地蹚着水往岸上走，留下"希士潘纽拉"号倾斜着，主帆一直伸到海湾的水面上老远。大约在这时候，太阳全落下去了，微风在一片摇曳的漆黑松树林中低声呼啸。

至少，也是最后，我总算离开海上了；后来我就没有空着手回来。大帆船停在那儿，终于摆脱了那群海盗，准备让我们自己的人上船，重新出海。我一心想着的就是回到木寨里去，夸耀我的成功。也许我会因为擅自离船，受到几句责备，可是我又把"希士潘纽拉"号抢回来了，这却是个确实无疑的回答；我希望连斯摩莱特船长也会承认我没有白花时间。

我心里这么想着，就兴高采烈地回到木寨和我的伙伴那儿去。我记得流入启德锚地的那些小河最靠东边的一条，是在我的左方那座有两个山峰的山那边流过来的。于是我就朝那个方向走，趁着河水还浅的时候蹚过去。树林是相当广阔的，我沿着一带较低的山岩前进，不久就绕过了那座山角，再过一会儿，就蹚着齐半截小腿的水，涉过了那条小河。

这就使我离初次碰见被流放在荒岛上的贝恩·根那个地方近一些了。我更加小心谨慎地走着，随时向四周张望。黑夜已经完全降临，我望见两个山峰中间的狭道的时候，就发觉一处晃动的火光照映着天空，我估计这是那个岛上的奇人正在一堆大火前面做晚饭。可是我又纳闷，不知他为什么会这样粗心大意，不怕暴露自己。因为我既然看得见火光，西尔弗在岛上的沼泽地带扎营的地方，难道就看不见吗？

夜色渐浓；我唯一的办法就是朝着我的目的地前进，即使在崎岖不平的路上走也不要紧。我背后那座双峰的山和右边的望远镜山都隐隐约约地矗立着，越来越模糊了；星星稀少而灰白；我东拐西转地在那一带低地上走过，老是在矮树丛中跌倒，或是滚进沙土坑里。

忽然有一道亮光照射到我身上。我抬头一看，一道闪亮的月光照在望远镜山的顶上。过了不久，我就看到在下面的树林后面有一个很大的银色东西，便知道月亮已经上升了。

有了月光的帮助，我就迅速地走过了我还没有走完的路程。我有时走，有时跑一跑，急切地走近了木寨。可是我穿过木寨前面的小树林时，便不那么粗心大意，而是放慢了脚步，走得警惕一些了。万一遭到自己人的误会，被他们开枪打死，那对我的一番冒险经历而言，结局未免太不幸了。

月亮越爬越高；在树林中比较开阔的地带，月光开始到处投下大片大片的清辉；在我的正前方，树丛中出现了一堆熊熊的火光，与月色不同。那是又红又热的，有时变得暗淡一些——好像是正在渐渐熄灭的一团篝火的余烬。

我拼命地想，也猜不出那是什么。

后来我对直走过去，到了林中空地的边缘。西头已经洒满了月光；其余的地方，包括木屋本身，还在阴影之中，只有一道道很长的银色亮光在那儿的景物上照成一些条纹。木屋的另一边，有一个绝大的火堆，已经烧完了，只留下一些明亮的火烬，发出一种稳定的红色回光，与月亮温和苍白的光辉形成强烈的对比。没有一个人在活动，除了微风的响声以外，任何声音都没有。

我站住了，心里颇为疑惑不定，也许还有一点恐惧。我们的人一向没有烧大火的习惯。我们实际上是按照船长的吩咐行事的，用柴火相当吝惜；因此我开始担心我离开的期间，木寨里可能发生了事故。

我从东头悄悄地绕过去，一直掩蔽在阴影中，后来才在一个最黑暗的方便地方，翻过木栅进去了。

为了加倍的稳重，我没有弄出一点响声，四肢着地，朝着木屋拐角的地方爬过去。我到了离门口很近的时候，心里忽然感到大大轻松了。我听见的声音本身并不算悦耳,过去我还常常抱怨这种声音呢;可是现在我听见我的朋友们在酣睡中发出响亮而安静的鼾声,就像是听到音乐一般。过去放哨的人照船员的习惯,发出美妙的"平静无事"的喊声,我听起来也从来没有像现在听到屋里的鼾声这样感到放心。

同时有一件事却是毫无疑问的:他们对警戒工作太马虎,实在太不像话了。假如是西尔弗那一伙人偷袭进来,那就不会有一个人能活到明天早晨。我心想,这主要是因为船长受了伤;于是我又大大地责备自己不该擅自离开,使他们放哨的人太少,从而陷入危险的境地。

这时候我已经爬到门口,站起来了。屋里一片漆黑,我靠眼力什么也看不清楚。至于声音呢,主要是那些熟睡的人发出的平静的鼾声,还有偶然听到的一点小小的响声,以及扑打翅膀和啄食的响声,我简直不知道那是怎么回事。

我伸出双臂,稳步走进去。我应该在我原来睡觉的地方躺下(我不声不响地暗笑着这么想),在他们第二天清早发现我的时候,我就可以欣赏他们脸上露出的神情。

我的脚碰着了一个容易推动的东西——那是睡着的人的一条大腿,他翻了翻身,呻吟了一声,可是没有醒来。

然后突然从黑暗中发出一阵尖叫声。

"八字银角!八字银角!八字银角!八字银角!八字银角!"老这么叫个不停,毫无变化,好像一个小磨子的叫声一般。

原来是西尔弗的绿鹦鹉"弗林特船长"在叫！我刚才听见啄树皮的就是它；它比任何人做警卫工作都做得好，正是它用那令人厌烦的重复的叫声报道了我的到来。

我连清醒过来的工夫都没有了。一听鹦鹉那阵尖厉和迅速的叫声，睡觉的人们都惊醒了，一齐跳起来。西尔弗气冲冲地骂了一声，便高声问道："那是谁？"

我转身就跑，猛然撞中了一个人；我缩回来，又和另一个人碰了个满怀，他就合拢双手，把我紧紧抱住了。

"拿个火把来，狄克。"我被牢牢捉住之后，西尔弗说道。

有一个人离开了木屋，马上就拿着一个点着了的火把回来了。

我连清醒过来的工夫都没有了。一听鹦鹉那阵尖厉和迅速的叫声，睡觉的人们都惊醒了，一齐跳起来。西尔弗气冲冲地骂了一声，便高声问道："那是谁？"

第六部 西尔弗船长

第28章

在敌营中

火炬的红光照亮了木屋的内部,使我看到自己所担心的最坏的事故果然呈现在眼前了。海盗们占据了木屋和贮存的东西;那儿有一大桶法国白兰地酒,还有猪肉和面包,都和过去一样;使我增加了十倍恐惧的,却是一个俘虏的影子也没有。我只能估计到大家全都丧命了,我一想到自己不该没有和他们在一起同归于尽,简直是心如刀绞。

总共只有六个海盗;另外再没有一个活着的了。其中有五个站了起来,满脸涨得通红,还有些发肿,他们都是喝得烂醉之后,刚刚睡着,忽然被叫醒的。第六个人还只用胳臂肘支起身子;他面色惨白,头上捆着血迹斑斑的绷带,这说明他是最近才受了伤,而且还是刚包扎过不久的。我想起匪徒们大举进攻的时候有一个人中了枪,在树林里逃跑了,便猜想到那就是他。

鹦鹉坐在朗·约翰的肩膀上,用嘴理着它的羽毛。至于西尔弗自己呢,我觉得他比我往常所看到的还显得更苍白、更严峻一些。他仍旧穿着当初执行任务的时候所穿的那套细绒面呢料衣服，可是已经穿得破旧多了，身上粘着泥土，还被树林里带尖刺的杂树剐破了。

"原来是你呀，吉姆·霍金斯，真见鬼！溜进来的，好像是吧，嗯？好吧，不要紧，我看咱们倒正好交个朋友。"

于是他就在白兰地酒桶上坐下，开始装烟斗。

"请你把火炬拿来，给我接个火，狄克。"他说道。他点着烟斗之后，又说："行了，小伙子。"接着又说，"你把火把插在柴堆上，诸位都请打起精神来吧！——用不着陪着霍金斯先生罚站嘛；他不会见怪，没错儿。那么，吉姆，"他停止抽烟，"你上这儿来了，这对我这可怜的老约翰倒是一桩怪有趣的意外事情。我当初头一次见到你，就觉得你挺机灵；可是你后来又离开了我，跑得没影儿了，是这样吧。"

不难想到，我对他这些话都没有回答。他们叫我背靠墙站着；我就站在那儿，壮着胆子直瞪着西尔弗，我希望表面上不要示弱，内心却是十分绝望的。

西尔弗非常镇定地吸了一两口烟，然后又往下说。

"喂，你瞧，吉姆，你既然上这儿来了，"他说道，"我就给你说几句知心话吧。你是个有出息的孩子，我一向就喜欢你；你有点像我年轻时漂漂亮亮的样子。我总想叫你入我们的伙，分到一份财宝，到死也得像一条好汉；现在呢，好样儿的朋友，你非走这条路不可了。斯摩莱特船长是个上流的航海家，我永远也承认，只可惜他对纪律太严格了。公事公办，他常说，这话当然不错。你只好和这位船长断绝关系。大夫对你厌恶透了——'忘恩负义的小崽子',这是他常说的。现在说来说去,事情就是这样:你不能回到你们那一伙那儿去了,因为他们不会要你。除非你能另外凑一伙人,单独干,那又未免太孤单了。你就还是加入西尔弗船长这一伙吧。"

总算不错。那么,我的朋友们都还活着。我当然有几分相信西尔弗的话可能是真的,以为同舱的伙伴们因为我擅自离开,便生了我的气,可是我听了那番话,与其说有些担忧,还不如说是感到轻松了。

"我决不说你落到了我们手里这样的话,"西尔弗继续说道,"尽管你确实在这儿,千真万确。不过我是讲道理的;我从来没见过吓唬人有什么好结果。你要是乐意跟我们干,那么,你就加入我们这一伙;要不然的话,嗐,吉姆,你尽可以说个不字——随你的便,我们欢迎,船友;如果说航海的好汉还能说出更公平合理的话,我就遭雷打!"

"那么,你要叫我回答吗?"我问道,声音颤抖得厉害。我听了这番讥讽的话,不由得感到死亡的威胁已经临到头上了;我脸上发烧,心里猛跳起来。

"小伙子,"西尔弗说,"谁也不会逼你。你自己拿定主意吧。我们谁也不会催你,伙计。你瞧,咱们大伙儿在一起,不是过得挺痛快吗?"

"嗷,"我胆子大一点了,就说,"要是让我选择,我就声明我有权知道事实真相,你们为什么会在这儿,我的朋友们上哪儿去了。"

"事实真相?"有一个海盗恶声恶气地反问道,"啊,谁要是知道,那可真是走运!"

"没跟你说话,你还是住嘴吧,朋友。"西尔弗粗暴地对那个人说道。然后他又像先前那样和气地回答我说:"昨天早上[1],霍金斯先生,在晚班的时候,利弗西大夫举着白旗来了。他说,'西尔弗船长,你被出卖了。船跑掉了。'嘻,我们大概正在喝酒,还唱着歌助兴呢。我并不否认。总而言之,我们谁也没有往外看看。后来我们朝外面一看,我的天哪!船已经不在了。我从来没见过一群傻瓜比我们更显出一副可怜相哟。我要是跟你说,最发呆的就是我,你总该会相信吧。'喂,'大夫说,'咱们讲讲条件吧。'我们就商量办法了,他和我,讲好的条件就是这样:粮食、白兰地、木屋,还有你们想得周到,割来的柴火,可以说,这整个宝贝的船[2],从桅顶到龙骨,都归我们。至于他们呢,全都跑掉了,我不知道他们上哪儿去了。"

他又从从容容地抽起烟斗来。

"为了不让你脑子里再存幻想,以为你自己也包括在我们讲好的条件之内,"他接着说,"我告诉你,我们最后讲的是几句

---

[1] 此处应是下午,这是作者的笔误。
[2] 这个"船"是指木寨,这是比喻的说法。

什么话:我说,'你们有几个人离开这儿?''四个,'他说,'四个,其中有一个受了伤。至于那个孩子呢,我不知道他在哪儿,他妈的,我倒是不大在乎。我们简直有点讨厌他了。'他就是这么说的。"

"没别的了吗?"

"噢,你所能听到的,就只有这些,孩子。"西尔弗回答道。

"嘿,"我说道,"我倒不会傻到这种地步,总还懂得我应该有什么指望。哪怕事情坏到极点,我也不在乎。自从我和你们打交道以来,我亲眼看见死掉的人太多了。可是我有一两件事要告诉你们。"我说道,这时候我已经十分激动了,"第一件是这个:你们在这儿的处境是不妙的——船没有了,财宝找不到了,人也损失了;你们的如意算盘已经一败涂地了;你要是问这是谁搞的把戏——那就是我!我们看见陆地的那天夜里,我在苹果桶里,听见你——约翰和你——狄克·约翰逊,还有现在已经沉入海底的汉兹在一起说的话,还不到一小时,我就把你们的话全都告诉我们的人了。至于大帆船呢,是我把锚索割断的,我还把你们留在船上的人杀掉了,后来我又把这条船开到了一个地方,你们谁也休想找到它。现在轮到我笑你们了;我从头起就拿到了王牌,现在我可不怕你们了,就像我不怕苍蝇一样。随你的便,杀掉我也行,饶了我也行。不过有一点我得给你说清楚,别的话就不说了。你要是留着我,那就既往不咎,将来你们到了审判海盗的法庭上,我还可以尽力营救你们。随你自己选择吧。你们杀掉一个人，对你们自己毫无好处；要不就把我留下，往后还可以做个证人，免得你们被处绞刑。"

我停住了，因为说老实话，我紧张得连气都喘不过来了。说也奇怪，他们没有一个人动一动，大家都坐在那儿，眼睁睁地望着我，就像一群绵羊一般。他们还在发愣的时候，我又大声说道：

"喂，西尔弗先生，"我说道，"我知道你在这些人当中是最好的一个，万一发生最不幸的事情，只要你让大夫知道我是怎样宁死不屈的，那我就感谢你的好意了。"

"我一定记在心上。"西尔弗说道；他的语调非常奇特，我无论怎样也不能断定他究竟是讥笑我提出这种要求，还是为我的勇敢所感动，对我有了好感。

"我要补充一点，"那个赤褐色面孔的老水手大声说道，"认识黑狗的那个人就是他。"此人名叫摩根，我曾在布利斯托的码头街西尔弗的酒店里见到过。

"嗽，听我说，"船上的厨师又说道，"我还要再补充一点，天哪！从毕尔·波恩斯那儿伪造了一张海图的也正是这个孩子。总而言之，我们全都让吉姆·霍金斯毁了！"

"那么我这就动手！"摩根骂了一声，说道。

于是他就猛跳起来，抽刀出鞘，好像他只有二十来岁似的。

"住手！"西尔弗大声喊道，"你是什么人，汤姆·摩根？

也许你以为你是这儿的船长吧。老天在上,我可要好好地教训教训你!你要是顶撞我,你就得上那些好汉去的地方,这三十年来,在你之前有不少人没落个好下场——有些人吊死在帆桁顶上,他妈的!有些人被扔到海里,都喂鱼去了。无论什么人,只要是和我作对,后来都没什么好下场。汤姆·摩根,这可是实话。"

摩根停住了,可是别的人又粗声粗气地说了些抱怨的话。

"汤姆是对的。"有一个人说。

"我受人欺负,弄得糊里糊涂,实在受够了窝囊气,"另一个人又接着说道,"我要是再让你吓唬住,那可不干,约翰·西尔弗。"

"你们诸位是不是有谁要和我较量较量?"西尔弗从

酒桶上的位置向前欠出身子去,右手里拿着的烟斗还在发出红光,他大声吼道,"你们打算干什么,干脆说明白吧;我看你们都不是哑巴嘛。谁想试一试,就会得到回敬。我活了这么多年,难道到了今天,还能让一个醉鬼小丑在我屋里逞威风吗?你们是懂规矩的,照你们自己的想法,都算是海上的好汉。好吧,我准备好了。谁有胆子,就拿起短刀来,不用等这袋烟抽完,我就能看看他的心肝肠肚是什么颜色,我的拐杖和别的家伙都会听我使唤。"

谁也没有动弹,谁也没有回答。

"你们就是这路货,是不是?"他又把烟斗放回嘴里,继续说道,"哼,看样子你们倒是怪漂亮的。可是真打起来你们就没什么本领,尽是些孬种。你们也许都懂得正规的英国话吧。我在这儿当船长,是大伙儿选出来的。我当上了这个船长,是因为我是最有本事的人,比谁都强得多。你们不敢像个海上好汉那样和人家对打,那么,他妈的,你们就得服从,没说的!我很喜欢这个孩子,嗜,我还没见过一个比他更好的孩子呢。他比你们这些胆小鬼,一个赛过两个;我现在把话说明白:我倒要看看谁敢动一动他——我就是这么说的,毫不含糊。"

他说完这些话以后,很久没有人作声。我靠着墙挺直地站着,心里还扑腾扑腾地直响;可是总算有一线希望了。西尔弗往墙上一靠,双手交叉在胸前,烟斗衔在嘴里,显得很平静,就像在教堂里似的;可是他的眼睛老是悄悄地溜来溜去,用眼角瞟着他那些不受指挥的伙伴。他们渐渐向木屋的另一头聚在一起，低声地交谈；他们的耳语像小溪的流水声似的不断传到我耳朵里来。他们一个接着一个，抬起头来，火炬的红光有时落在他们那些神经紧张的脸上；可是他们的眼光并不是望着我，而是盯着西尔弗。

"你们好像是有许多话要说，"西尔弗向空中吐了一口唾沫，一面说道，"那就大声说出来，让我听得见吧，要不就住嘴。"

"对不起，先生，"那些人当中有一个回答道，"你对某一些规则满不在乎，还是请你再看看别的规则吧。船上的伙伴是不满意的；你欺负小鬼，我们不同意。船友们也像别的船上的水手一样，有他们的权利，我不客气这么说吧；照你自己定下的规矩，我相信我们是可以在一起谈话的。对不起，先生，我现在还承认你是船长；可是我要求实行我的权利，要上外面去开个会。"

这个家伙是个很难看的大个子，眼睛发黄，约莫三十五岁；他很费劲地行了个海员的礼，冷静地向门口走去，走出屋子就不见了。其余的人一个接着一个，学了他的榜样。每个人走过的时候，都行个礼，还说句抱歉的话。"照规矩办事。"有个人说。"船头会议。"摩根说道。就这样，每个人都说句什么话，大家都迈着大步出去了，把西尔弗和我留在屋里，还有那支火把。

船上的厨师马上就取下了烟斗。

"喂，吉姆·霍金斯，你听我说，"他用沉着的耳语说道，那声音只能勉强听得见,"你差点没命了,更糟糕的是,还得吃许多苦头。他们打算甩开我了。可是你要记住,我不管经过多少艰难困苦,反正是要护着你。你是我的最后一张牌;对天发誓,我朗·约翰一定跟你在一起!背靠背,心连心,我说实话。你救了你的证人,他也就会救你的命!"

我模模糊糊地听懂了。

"你是说一切都完蛋了吗?"我问道。

"唉,说实话,全完了!"他回答道,"船没有了,性命难保——情况就是这么严重。我往那海湾里一看,见不到帆船了,吉姆·霍金斯——唉,我本是一条硬汉,可是我已经是穷途末路了。至于那一伙人和他们的会议,你听我说,他们全是些十足的笨蛋和胆小鬼。我要把你从他们手里救出来——只要我能做得到。可是,你记住,吉姆——一报还一报——你可得救救朗·约翰,别让他受绞刑呀。"

我真不知如何是好;他提出的要求,似乎是毫无希望的——他这个老牌海盗,又是个地道的头目。

"凡是能做得到的,我一定尽力帮忙。"我说道。

"一言为定!"朗·约翰大声欢呼,"你说话有胆量,天哪,我有希望了。"

他跳到火把那边去,依靠着柴火堆站着,又点起了烟斗。

"你了解我吧,吉姆,"他走回来又说道,"我是个有头脑的人,这是实话。现在我在大老爷这一边了。我知道你把船弄到了一个安全的地点。你是怎么搞的,我不知道,可是肯定安全无事。我猜汉兹和欧布利恩已经睡长觉去了。我对这两个家伙,向来就是一个也不相信。你听我说吧。我不向别人打听什么事情,也不让别人问我。自己失败了我认输,真的;我也知道你是个可靠的小伙子。啊,你还年轻——你我还能在一起干不少好事呢!"

他从酒桶里抽出一点法国葡萄酒来,装进一只小洋铁罐里。

"你尝尝好不好,伙计?"他问道。我拒绝了,他就说:"我得提提精神才行,因为就要有祸事临头了。咦,说到出乱子的话,那位大夫为什么要把海图给我呢,吉姆?"

我脸上毫不掩饰地露出了惊讶的神色,他就知道没有再问的必要了。

"啊,真的,他确实给我了,"他说,"这里面总有个原因,不消说——肯定是有个原因的,吉姆——不管是凶是吉。"

他又喝了一口酒,摇晃着他那个白净的大脑袋,好像是个等待着最不幸的命运的人似的。

第29章

又一次黑牒

海盗的会议持续了一些时候,后来他们当中有一个人回到木屋里来;他又行了个礼,我觉得有点讥讽的神气;他说要借火把去用一会儿。西尔弗简单地表示同意;这位使者又回去了,把我们俩留在黑暗中。

"刮起一阵海风来了,吉姆。"西尔弗说,这时候他已经采取了一种友好而亲切的语调。

我走到最近的一个枪眼跟前,向外望了一下。那堆大火的余烬已经熄灭得差不多了,现在发出的火光非常微弱而模糊,因此我就知道那些搞阴谋的匪徒为什么要一支火把。他们聚集在木屋和木栅之间的坡地上;一个人举着火把;另一个人在他们当中跪在地上,我看见他手里拿着的一把出鞘的刀的利刃在月光和火把的照耀之下,映射出变换各种颜色的光来。其余的人都稍微弯着身子,似乎是在注视着那个人的动作。我只看得清他手里拿着一把刀,还有一本书;我心里正在疑惑不解,猜不透他们手中为什么会有这两样不相干的东西,那个跪着的人却重新站起来,那一伙人就一齐开始朝着木屋这边走过来了。

"他们过来了。"我说道。我又回到原来的地方,因为我觉得要是让他们发现我窥探过他们,那未免是有伤我的体面呢。

"不要紧,让他们来吧,孩子——让他们来吧,"西尔弗高高兴兴地说道,"我的枪机里还有一颗子弹呢。"

门开了,他们五个人刚一进门,就挤成一团,推着其中的一个人往前来。要是在别的不同情况下,你看到这个人慢慢地走过来,每走一步都要迟疑一下,可是把那只紧握着的右手伸在前面,你就会觉得那是可笑的。

"过来吧,伙计,"西尔弗大声说道,"我不会吃掉你。交给我吧,毛头小子。我是讲规矩的,没错儿;我决不会伤害当代表的人。"

那个海盗得到这番鼓励,脚步就轻快一些了,他把一件东西直接交到西尔弗手里,便更加敏捷地溜回到他的伙伴当中去了。

船上的厨师看了看他所接到的东西。

"黑牒!我本来就想到了,"他说道,"你是从哪儿弄到纸的呢?嘻,嘀嘀!你瞧:这可是不吉利呀!你是从《圣经》里扯下来的。哪个傻瓜撕了《圣经》?"

"啊,是呀!"摩根说道,"你瞧!我说什么来着?我说,这是不会有好结果的。"

"嗷,你们现在已经把自己的命运注定下来了,"西尔弗继续说道，"现在你们全都得受绞刑了，我看是。这本《圣经》是哪个傻瓜的？"

"是狄克的。"有个人说。

"狄克，是吗？那么狄克就可以做做祷告，"西尔弗说，"他总算有点希望，能交上好运了，准没错儿。"

可是这时候那个黄眼睛的大个子插嘴道："先别说这一套吧，约翰·西尔弗，"他说，"我们这帮弟兄全体开过会，才给你交来这份黑牒，这是公事公办。你快翻过反面来看看吧，这也是公事公办嘛；你先看看那上面写着什么。看完了你再说话好了。"

"谢谢你，乔治。"船上的厨师回答道，"你办事一向很利索，规章也记得烂熟，乔治，我真高兴见到你这样的人。嗳，那上面究竟写的是什么？啊！'撤职'——就是这么回事，对不对？字倒写得挺好，的确是；像印的字一样，真的。是你老兄的大笔吗，乔治？嘿，你在这帮弟兄当中倒真是要成为一个首领了。你就要接任船长了，我看没问题。请你把那支火把借给我用一下，好吗？我的烟斗抽不着了。"

"算了吧，伙计，"乔治说道，"你再也别想糊弄弟兄们了。你自以为很会开玩笑，可是现在你这一套玩不了了，你最好是从那个桶上滚下来，和我们一道选举。"

"我还以为你说过你懂得规矩呢，"西尔弗轻蔑地回答说，"反正你要是不懂，我可懂得；我在这儿等着——记住，我现在还是你们的船长——你们先把心里的冤屈说出来，我答复你们；

不先把道理讲清楚，你们这张黑牒是狗屁不值的。且等讲完之后再说吧。"

"啊，"乔治回答道，"你一点也不用担心；我们都是光明正大的，不含糊。第一，你把这次航行弄糟了，你要是敢否认这个，就算你有胆量。第二，我们在这儿设下了圈套，你却把敌人放走了。他们为什么要离开这儿？我不知道；可是他们分明是要走开的。第三，你不让我们趁着他们跑开的时候去追击他们。啊，我们把你看透了，约翰·西尔弗；你想当内奸，这就是你的罪状。还有第四条，就是这个孩子的问题。"

"就这些吗？"西尔弗冷静地问道。

"这就够了。"乔治顶嘴说，"你把事情搞坏了，我们大伙儿都得受绞刑，让太阳晒干。"

"好吧，听我说，我来回答你们这四个问题；我一个一个地回答吧。我把这次航行搞糟了，是不是？嗐，你们都知道我要怎么办：你们也知道，如果照我的主张做了，我们今晚上就会像往常一样，照旧在'希士潘纽拉'号船上，个个都还活着，平安无事，船舱里装满了葡萄干点心和财宝，我的天哪！嗐，是谁阻挠了我？是谁强迫我当了合法的船长？是谁在我们上岸的那天交给我那张黑牒，开始乱蹦乱跳？啊，那可真是跳得欢哪——我也跟你们一样——那倒很像是在伦敦城外的海盗刑场上套着绞索吊在绞架上那样的狂舞呢，不是吗？可是这是谁的主意？嗐，就是安德生，还有汉兹，还有你乔治·莫利！

这些捣乱的伙伴当中,现在就只你一人还在公然闹事,你居然像个海怪似的,大胆和我作对,在我面前摆出船长的神气来——就是你,把我们大伙儿都毁了!天哪!你这样造谣生事,真比海外奇谈还更荒唐多了。"

西尔弗停了一下,我从乔治和他刚才那些同伙的脸色上,看得出西尔弗这番话不是没有效果。

"这是讲的第一条。"被控诉的人接着又大声说道;他揩掉额上的汗,因为他刚才说话,说得非常激烈,整个屋子都震动了,"嘻,说实在的,我简直不屑于跟你们说话。你们既没有头脑,又没有记性,我真想不到,你们的老娘上哪儿去了,她怎么会让你们出来航海。出海呀!当海上好汉哪!我看你们只配去做裁缝才合适。"

"再往下说吧,约翰,"摩根说道,"给别人说说嘛。"

"啊,别人!"约翰回答说,"他们这伙人都挺好,是不是?你说这次航行搞糟了。啊,天哪!你们要是明白事情糟到了什么地步,那就能想到结果怎样了!咱们现在离绞刑架太近了,我一想到这个,脖子就发僵。你们也许都看见过别人被绞死了,鸟儿在周围飞着,海员们在船上趁着潮水出海的时候,就指着他们说开了。'那是谁?'有一个人说。'那个嘛!嘻,那就是约翰·西尔弗。我很知道他。'另一个人说。你再往前走,到另一个浮标的时候,还能听见锁链当啷当啷地响。我们现在的情况大概就是这样,我们个个都是娘养的,现在落到这个下

约翰说:"咱们现在离绞刑架太近了,我一想到这个,脖子就发僵。"

场,大伙儿都得谢谢他,还有汉兹和安德生,还有你们那些上当的倒霉蛋。你们如果还要了解第四点和那个孩子,嗐,真见鬼!他不正好是个人质吗?难道我们应该糟蹋一个人质吗?不行,我们不能这样做;他可能是给我们最后的机会,我对这一点决不怀疑。把这个孩子杀掉吗?我可不干,伙计们!还有第三点吧?啊,对第三点还有许多话要谈谈。你们每天都有一个真正的大学毕业的大夫来给你们看病,也许不会觉得算不了一回事吧——比如你,约翰,脑袋打破了——还有你,乔治·莫利,还不到六小时以前,你还在发疟子呢;你不是直到此时此刻,眼睛还像柠檬皮的颜色吗?还有呢,你们也许还不知道有一条接应的船快来了吧?可是来是肯定要来的,而且不需要太久;说到这点,我们就会知道谁高兴有个人质。至于第二点呢,要问我为什么和人家讲妥了条件,那可是因为你们爬过来找我,要求我跟人家商量的——你们吓破了胆,爬着来求我的呀——你们本来是要饿死的,要不是我……可是那还是一桩小事!你们看看这个——原因就在这里!"

于是他把一张纸扔在地上,我马上就认出来了——正是那张黄纸上画的海图。那上面有三个红色的十字,这就是我在船长的箱子里找到的那张包着油布的地图。大夫为什么要把这张海图给他,我可是猜不透。

可是如果连我都莫名其妙,那些幸存的叛乱分子一见这张地图,当然也觉得是不可思议的。他们跳过去抢,就像几只猫抢一只耗子一般。这张地图在他们当中互相传递,一个人从另一个人手里夺过去;你听到他们一面细看着那张地图,一面发誓,大叫大嚷,发出孩子般的大笑,就可以想到,他们不但在想象中抚摸着那些金子,还会幻想着正在平安无事地带着那些财宝在海上航行呢。

"是的,"有一个人说,"这就是弗林特的财宝,确实不错。'詹·弗'底下还有个记号,画了个丁香结。他一向就是这样写的。"

"好极了,"乔治说,"可是我们没有船,怎么能运走?"

西尔弗忽然跳起来,一只手扶着墙,支撑着身子。"现在我要警告你,乔治,"他大声嚷道,"你再说一句无礼的话,我就要叫你来和我拼杀一场。怎么办?嘻,我哪儿知道呀?这得叫你说才行——你和你那一伙,是你们把我的船弄掉了,就是你出的主意,该死的!可是你不行,你说不清楚;你的脑筋连一只蟑螂都不如,想不出什么办法。可是乔治·莫利,你说话可以有点礼貌嘛,也非讲点礼貌不可,你可得注意。"

"这话很公道。"摩根老头儿说道。

"公道!我看是这样吧,"船上的厨师说道,"你们把船丢了;我却找到了财宝。谁的本事大?现在我辞职了,他妈的!你们爱叫谁当船长就选谁吧;我可不干了。"

"西尔弗!"大伙儿喊道,"永远拥护烤全猪!还是要烤全猪当船长!"

"那么这就是一致的意见,是不是?"厨师大声说,"乔治，我看你还得等下一轮吧，朋友，幸亏我还不是个记仇的人。我一贯就没有这种作风。怎么样，船友们，这张黑牒呢？现在没什么用处了，是不是？狄克倒了霉，把他的《圣经》糟蹋了，大概就是这么回事吧。"

"在这本书上亲吻①，大概还是可以吧？"狄克愤愤不平地说道；他因为自己招来了这种灾祸，显然是感到不安的。

"一本扯破了的《圣经》！"西尔弗嘲笑地说道，"那可不行。那就像一本民谣的歌本一样，不能起作用的。"

"是吗？"狄克略带高兴的神气大声说道，"我看还是值得把它留下的。"

"喂，吉姆——给你看看这个宝贝吧。"西尔弗说着，就把那张纸片扔给我。

这块纸片大概像一克朗②那么大小。有一面是空白的，因为那是《圣经》的最后一页；另一面有《启示录》的一两节文字，其中有一句话在我心中留下了最深刻的印象："城外有那些犬类……杀人的。"③印着字的一面用柴灰抹黑了，那些黑灰已经开始脱落，玷污着我的手指，空白的那一面用同样的柴灰写

---

① 按照基督教的习俗，在法庭上宣誓作证之类的场合，吻一吻《圣经》是表示证词诚实无误。
② 克朗是旧时的一种硬币，值五先令。
③ 此段话出自《圣经·新约·启示录》第二十一章："城外有那些犬类、行邪术的、淫乱的、杀人的、拜偶像的，并一切喜好说谎话、编造虚谎的。"

着"撤职"二字。我直到现在,还把这张宝贝字条留在身边;可是字迹已经都没有了,只剩下一道画出的线痕,就像有人用大拇指的指甲画的一般。

那天夜里的事情就到此结束了。过了一会儿,大家喝了一轮酒,我们就躺下睡觉了。西尔弗表面上对乔治·莫利的报复,就是派他守夜,并且吓唬他说,他要是不老实执行任务,就要处以死罪。

我很久都合不上眼,天知道我有许多心思使我安静不下来,既要想到那天下午我自己处在危险境地的时候杀死的那个人,更重要的是要想到西尔弗现在所耍的那一套手腕——一方面把那些叛乱分子拉拢在一起,另一方面耍尽各种可能和不可能的手段,保住自己的平安,救他那条倒霉的性命。他自己倒是睡得很安适,发出响亮的鼾声,我心里可是替他难受,他虽然很残忍,我却不由得想起他所处的危险境地,以及等待着他的可耻的绞刑架。

第30章

假 释

树林边缘传来一阵清晰而热情的呼声,把我惊醒了——事实上,所有的人都醒了;因为我看见放哨的乔治原来靠着门柱打瞌睡,也振作起精神来了。

"木屋里的伙伴们,啊嗨!"那个声音喊道,"大夫来了。"

果然是大夫来了。我听见那声音,虽然是高兴,可是高兴之中却又夹杂着几分不安。我心慌意乱地想起自己那种不守规则和诡秘的行动;而且我又想到自己现在居然落到了这种地步——和一些什么人混在一起,陷入了多么危险的境地——便感到羞愧,不敢对直看他一眼。

他一定是在黑夜里起来的,因为天还没有大亮呢。我跑到一个枪眼跟前,往外一望,便看见他站在外面,就像当初那一次的西尔弗一样,半截腿都在缓缓移动的雾气当中。

"是您呀,大夫!您好,祝您早安,先生!"西尔弗大声喊道,他非常清醒,立刻就露出满面春风、十分和善的神气,"早起精神爽,的确不错;俗话说,早起的鸟儿吃得饱。乔治,打起精神来,小伙子,搀着大夫翻过木栅来。您的病人都挺好——个个都好了,快快活活。"

他就是这样滔滔不绝地说个没完。他站在土丘顶上,拐杖支在腋下,一只手扶着木屋的墙——他的声音、态度和神情又像过去的老约翰一样了。

"先生,我们这儿还有一件事会使您吃惊呢,"他接着说,"我们这儿有个小客人——他!他!是新来的一位搭伙食和借住的小兄弟。先生,他身体挺结实,精神挺足;睡觉睡得挺酣,他和约翰靠在一起睡——彼此不离身,通夜都是这样。"

利弗西大夫这时候已经跨过了木栅,离厨师很近了;我听见他说话的时候变了声音——

"那不是吉姆吗?"

"正是吉姆,还是和过去一样。"西尔弗说。

大夫虽然没有说话,可是马上就站住了;过了几秒钟,他才像是能够走得动似的。

"嗷,嗷,"他终于说道,"先办正事,再开玩笑吧,西尔弗,你自己也会这么说的。我们先来检查检查你们这儿的病人吧。"

他很快就走进木屋里,只对我冷淡地点了点头,就动手去照料病人了。他虽然知道他在这群恶鬼当中,连性命都是千钧一发的危险,却并不显得惊慌。他喋喋不休地随意跟那些病人说话,仿佛是在一个安静的英国家庭照例出诊似的。

我估计他的态度对那些病人是得到了反应的；因为他们都表现得很自然，好像根本没有发生过什么事故似的——仿佛他还是船上的大夫，他们仍然是忠实的水手一般。

"你见好了，朋友，"他对头上包扎了伤口的人说，"要是有人九死一生地活了命，那就是你；你的脑袋准是像铁那么结实。喂，乔治，你怎么样？你的脸色可真好看哪，确实是；嗜，你的肝脏有毛病，伙计。你吃了那种药吗？伙计们，他吃了没有？"

"唔，唔，先生，他吃过了，没错。"摩根回答道。

"你瞧，我是叛乱分子的大夫，我看还不如说是囚犯的大夫。"利弗西大夫带着愉快的神气说道，"为了忠于国王乔治（上帝保佑他），为绞刑架效劳，我拿定主意，决不让你们死掉一个人。"

那些坏蛋面面相觑，只好一声不响地忍受大夫的这一击中要害的投枪。

"狄克也不舒服，先生。"有一个人说。

"是吗？"大夫回答道，"喂，狄克，你过来，让我瞧瞧你的舌头。嗜，他不舒服我倒是想不到。哎呀，这家伙的舌苔真吓死人哪。又是一个害热病的。"

"啊，我明白了，"摩根说，"那是因为撕坏了《圣经》吧。"

"照你们常说的话，那是因为你们都是些地道的笨蛋，"大夫反驳道，"是因为你们太无知，连新鲜的空气和毒气都分不清，也不知道干燥的地方和恶劣的、容易传播疫病的沼地的区别。我看很可能——当然，这不过是一种看法——你们要想摆脱自己身体染上的这个瘴气病,都得先吃些苦头才行。你们要在沼泽地里宿营,是不是?西尔弗,你也这么糊涂,真有些叫我吃惊。从各方面看来,你比许多人都要聪明一些;可是在我看来,你对卫生常识好像是一窍不通呢。"

他给那贼帮一伙每个人都配了药,叫他们吃了。这些家伙吃药的时候,都显出一副可笑的服服帖帖的样子,简直像是一个慈善学校的孩子们那么乖,而不像是一伙杀人不眨眼的叛乱分子和海盗。他们吃过药之后,大夫又说:"好吧,今天的事就算完结了吧。现在我要和那个孩子说说话。"

他满不在乎地向我这边点点头。

乔治·莫利站在门口,因为吃了苦药,正在啐唾沫,吐药渣。可是他刚听到大夫提出其要求,就满脸涨得通红,转过身来,大声喊道:"不行!"还咒骂了一声。

西尔弗摊开手掌在酒桶上拍了一下。

"别吵!"他大声吼道,像一只狮子那样威风十足地向四周扫了一眼。"大夫,"他用平常的声调继续说道,"我知道您很喜欢这个孩子,所以我也正在想到这件事情。我们都很真心地感激您的好心肠;您也知道,我们都很信任您,把您开的药吃下去,就像喝酒一般。我相信,我想出了一个办法,可以符合大家的心意。霍金斯,你虽然出身很穷,却要算是个年轻的正派人,那么,你能不能照一个正派人的做法,用人格担保,不悄悄地溜掉呢?"

我毫不犹豫地照他的要求发了誓。

"那么,大夫,"西尔弗说,"你只要走到木栅外面去,你到了那儿,我就把这孩子带到木栅里面,我相信你们可以隔着木栅谈话。祝您平安,先生,请替我们问候大老爷和斯摩莱特船长。"

那一伙匪徒都不赞成,只因西尔弗恶狠狠地瞪着他们,才压住了台。大夫刚离开木屋,他们的不满马上就爆发了。大家直率地指责西尔弗搞两面手法——说他企图为他自己单独讲和,还说他要牺牲他的同伙和上当的人们的利益;总而言之,他们所责备的恰恰是他正在耍的把戏。关于这桩事情,我认为情况是一清二楚的,因此我想不到他有什么办法能平息他们的怒火。可是他的脑筋比其余的人灵活得多;而且他在前一天夜里取得的胜利已经使他自己在他们心目中树立了很高的威望。他说他们全是一些糊涂虫和笨蛋,你难以想象他是怎样辱骂他们;他说必须让我和大夫谈话;还把那张海图在他们面前晃一晃,问他们能不能在马上就可以去探宝的时候毁掉已经订好的条约。

"哎呀呀,不行喽!"他大声喝道,"到了时机成熟的时候,我们才能撕毁那个条约。在那以前,我得和这个大夫斗斗法,把他哄住,哪怕要吃点亏,奉承奉承他,也没关系。"

然后他叫他们把火点着,挂着拐杖大步走出去,一只手扶着我的肩膀,让他们去胡乱嘀咕,他即使并没有说服他们,却至少靠他的口才制止了他们的吵闹。

"慢点走,孩子,慢点走吧,"他说,"咱们要是走得太快,他们可能立刻就来阻止我们。"

于是我们很谨慎地穿过沙地，走到大夫在栅栏外面等着我们的地方；直到我们到了容易谈话的距离，西尔弗就站住了。

"你也得把这儿的事情记载下来才行，大夫。"他说，"这孩子会告诉您，我是怎样救了他的命，而且还因此被撤了职，这可是实话。大夫，一个人像我这样冒着大风险——可以说是拿自己最后一息的生命来做赌注——也许您不会认为替他说句好话，就算是做得过分吧。请您记住，现在不只是我一人的性命的问题——还要牵连到这个孩子的性命呢。大夫，请您发发善心，替我说些好话，给我一线希望，找个出路。"

西尔弗从屋里出来之后，摆脱了他的朋友和那所木屋，就变成另一个人了；他的面颊似乎是消瘦了，声音有些颤抖，再也没有什么人比他更显得一本正经的了。

"喂，约翰，你不害怕吗？"利弗西大夫问道。

"大夫，我可不是个胆小鬼！不，我可不是那种人——不会那么胆小！"他弹了弹指头，"我要是害怕，我就不会说那种话了。可是我老实承认，我对绞刑倒是有点提心吊胆。您是个好人，也挺真诚；我从来没见过一个更好的人。我干的好事您不会忘记，也像您不会忘记我干的坏事一样，这我知道。我现在就走开——您看，就这样——让您和吉姆在一起。这也得请您记在心上，因为这可不是一桩小事呀，对不对！"

他一面这么说着，就往后退了一段路，直到听不见我们说话的地方；他就在那儿坐在一个树桩上，吹起口哨来。他在座位上随时转动身子，为的是有时候要看得到我和大夫，有时候要看得到他那一伙不驯服的暴徒——他们正在忙着把火堆烧得再旺些，在沙地上走来走去，还有人从木屋里拿出猪肉和面包来，准备做早饭，大伙儿在火堆和木屋之间来来往往。

"哎，吉姆，"大夫愁眉苦脸地说，"你瞧，你真是自作自受呀，我的孩子。天知道，我心里实在没有责备你的意思，可是无论我是不是好心，我总得说这么几句话：斯摩莱特船长身体好的时候，你绝不敢走开；后来他有了病，毫无办法，你倒溜掉了，天哪，这可真是太没出息了！"

说老实话，这时候我就哭起来了。"大夫，"我说道，"您也许会原谅我。我已经狠狠地责备自己了；我的性命反正是难保了，要不是西尔弗护着我，现在我早就死掉了。大夫，请您相信，我死倒不在乎——我也认为是该死——可是我只怕受折磨。要是他们严刑拷打我——"

"吉姆，"大夫插嘴说，他的声调大变了，"吉姆，我可不能让他们这么干。快翻过来，咱们赶快溜之大吉吧。"

"大夫，"我说，"我发过誓了。"

"我知道，我知道，"大夫大声说道，"这是无可奈何的，吉姆。别怕挨骂，别怕丢脸，我的孩子，一切都由我承担。要是你待在这儿，我可不答应。跳过来吧！只要一跳，你就出来了，咱们就像羚羊那样飞跑吧。"

"不行，"我回答说，"您肯定知道，您自己就不会干这种事情；您不会这么干，大老爷和船长也不会，我也不肯这么做。西尔弗是信任我的；我发誓保证了，我就得回去。可是，大夫，您还没有让我把话说完呢。要是他们折磨我，我可能会说漏了嘴，把大船所在的地点泄露出来；因为我把大船弄到了，一半是因为运气好，一半是因为冒险。现在它停在北湾，在南岸的海滩上，正在高潮水位下面一点。潮水退到一半的时候，它就会高出水面，搁浅在干地上了。"

"大船！"大夫惊喊道。

我连忙把我冒险的经过给他说了一遍，他一直静听着。

"这里面真有点命中注定的味道，"我讲完之后，他就说，"每个关头都是你救了我们的命；你是不是想到我们在某种特殊情况下，会让你丧失性命呢？那可就太对不起你了，我的孩子。你发现了他们的阴谋；你找到了贝恩·根——这是你做过的一桩最好的大事，哪怕你活到九十岁，也不会做得出更有功劳的事情。啊，天哪，说到贝恩·根，嘻，那才真是个地道的怪物呢。"

"西尔弗！我要劝你，"船上的厨师再走近来的时候，大夫又接着说，"你可千万不要太着急，先不忙去找财宝。"

"嗷，先生，我倒是想尽量遵命，就怕不好办。"西尔弗说道，"请您别见怪，我只能去找那些财宝，才能救得了我和那孩子的命；确实是这样。"

"好吧，西尔弗，"大夫回答说，"既然是这样，我就再提醒你一下,你找到财宝的时候,可得提防发生争夺的打斗事件。"

"先生,"西尔弗说,"咱们实话实说,您的话叫我摸不着头脑。您打的是什么主意,您为什么要离开这木屋,您为什么要把那张海图交给我,我全不知道,可不是吗?我只是闭上眼睛,顺从您的吩咐,却没听到一句有希望的话!不行,这未免太过分了。您要是不干脆把您的真心实意给我讲清楚,毫不含糊,我就要撒手不管了。"

"不,"大夫沉思地说,"我没有权利多说话。西尔弗,你要知道,这并不是我个人的秘密。要不然,我可以发誓,一定会给你讲清楚。可是只要是我敢说的话,能给你说多少就说多少,再多说一点也行。我要是说得太多,就得挨船长的呲,准没错儿!可是,我首先得给你一线希望:西尔弗,咱们俩要是都能保住性命,逃出这个狼窝,我一定尽力挽救你,只是不能做伪证罢了。"

西尔弗脸上露出喜色来。"我相信,先生,您确实不能多说了,哪怕您是我的母亲也不行。"他大声说道。

"噢,这是我的第一个让步,"大夫接着又说,"第二步是要提醒你一下:千万要把这孩子带在你身边,你要是需要我们帮忙的话,那就大喊一声就行了。我现在就去找人来接应你,这就可以使你明白,我说的话是否信口开河。再见吧,吉姆。"

于是利弗西大夫就从木栅外面伸进手来,和我握手,还对西尔弗点了点头,随即就迈着快步,走进树林里去了。

第31章

探宝——弗林特的指针

"吉姆,"我们俩单独在一起的时候,西尔弗说道,"我虽然救了你的命,你可也救了我;这是我忘不了的。我看见大夫向你挥手,叫你逃跑——我从眼角瞟见了,没错儿;我还看见你说不行,就像是听见了你的话一样清楚。吉姆,你这一下可是做得对。自从那次袭击失败以后,这是我第一次见到的一线希望,我应该感谢你。吉姆,现在咱们就得在这儿去探寻财宝,还有保密的指示呢,我并不喜欢干这桩事,你我一定要紧紧靠在一起,互相跟随,不管运气是好是歹,咱们总得保全性命才行。"

正在这当儿,有个人从火堆那边招呼我们,说是早饭已经做好了;我们随即就在沙土地上东一个西一个地坐下来,吃着饼干和油炸腌牛肉。他们烧起的那堆大火足够烤熟一头牛;现在火势正旺,他们只能从顺风的一边走近火边,而且那也不能不加小心。他们做的饭菜,也是同样地浪费,我看足有我们所能吃下的三倍之多。其中有一个人,满不在乎地大笑一声,把剩下的食品扔到火里,于是火堆因为添了这份异常的燃料，又烧得旺盛起来，呼呼地响。我一辈子从来没见过像他们这样不虑后事的人；东西到手，一扫而光，只有这么说，才足以形容他们的作风。由于浪费食物，放哨的人又爱睡觉，他们虽然相当勇猛，能够对付一场激烈的遭遇战，迅速结束，可是我知道这伙人要想进行持久的战役，那是完全不合格的。

连西尔弗也只顾大吃特吃，让"弗林特船长"蹲在他的肩膀上，对这伙人的胡作非为并没有说一句责备的话。这可是更叫我吃惊，因为我觉得他从来没有像这回那样显示出他的机警。

"哎，伙计们，"他说，"你们幸亏有我烤全猪帮你们动动脑筋，给你们出些主意。我把我需要的东西弄到手了，没错儿。当然，大船在他们手里。他们把它停在什么地方，我还不知道；可是只等咱们找到了财宝，那就得到处去跑跑，把船找出来。到那时候，伙计们，咱们有两只小船，我估计总是占上风的。"

他就这样滔滔不绝地往下说，满嘴还在嚼着热乎的腌肉。这么一说，他就恢复了他们的希望和信心，我还相信他同时也把自己的精神振作起来了。

"至于那个人质呢，"他继续说道，"我看他和他最亲爱的人谈了那次话，就是最后一次了。我从他嘴里得到了一点消息，这要谢谢他，可是对他的谢意也就到此为止了。咱们去探宝的时候，我就用一根绳子拴住他牵着走，因为如果发生什么意外事故，咱们就得同时把他当作一大堆金银财宝看待，好好地保住他，千万记住。只等咱们把大船和财宝都弄到手了，大家欢欢喜喜地扬帆出海的时候，嘿，那时候呀，咱们就得说服霍金斯先生，叫他加入咱们这一伙，非这么做不可。当然，为了报答他的好意，咱们得分给他一份才行。"

现在这些伙伴们都高高兴兴，这是不足为奇的。可是我呢，心里却非常丧气。假如他现在所说的这个诡计果真行得通的话，西尔弗这个双料的奸贼就会毫不犹豫地照这么办。他虽然还在脚踏两只船，可是毫无疑问，他是情愿自己得到财宝，和他那帮海盗自由自在地过日子，而不会甘心满足于只得免于被处绞刑；从我们这方面，他是不能指望得到更大的好处了。

唉，即使他因为情况的变化，被迫遵守他对利弗西大夫的诺言，即使到了那个时候，我们两人也会遭到多大的危险啊！要是他的伙伴们的怀疑被证实了，我们就得同那五条灵活的壮汉拼个你死我活，而西尔弗却只有一条腿，我还是个孩子！

除了这双重的担心之外，还有我朋友们的举动也是叫我猜不透的一个谜：他们并没有说明原因，就放弃了木寨；他们把海图让给西尔弗这一伙，也莫名其妙；还有更难理解的一点，就是大夫最后给西尔弗提出的警告："你找到财宝的时候，千万要谨防危险。"因此你不难理解，我那天吃早饭是多么没有味道，我跟在俘虏我的贼帮后面，动身去探宝的时候，心里是多么惴惴不安。

假如有人在场看见我们的话，我们那伙人可真是怪模怪样：大家穿的都是满身油污的水手服，除了我之外，个个都是全副武装。西尔弗挎着两条枪——一条在胸前，一条在背后——腰间还带着一把短刀，他穿的那件方角下摆的上衣，两个口袋里各有一支手枪。再加上"弗林特船长"蹲在他的肩膀上，老是乱叫乱嚷，唠叨着一些毫无意义的海员的话，这就使西尔弗的样子显得更加古怪了。我腰上拴着一根绳子，驯服地跟这位船上厨师走，他抓住绳子的另一头，有时攥在他那只闲着的手里，有时用他那有力的牙齿咬住。我和一只表演跳舞的熊一样，被他牵着。

其余的人带的东西各有不同：有些人扛着镐和锹——因为这是他们从"希士潘纽拉"号船上搬到岸上来的最必需的东西——另一些人扛的是猪肉、面包和白兰地酒，这是准备午餐用的。我看得出，一切食物都是从我们贮存的东西里面取来的；我也就懂得前一天夜里西尔弗说的话是实在的。假如他没有和大夫达成协议，他和他那伙叛乱分子被大船抛弃了，就不得不靠喝清水、吃打猎得来的野物活命。光喝水是不合他们的胃口的；水手的枪法一般都不大高明，对打猎是外行。再则撇开这一切不说，他们这样缺乏食物，火药大概也是不会充足的。

我们就是这样装备着出发了——连那个砸破了头、本当在阴凉地方养伤的家伙也在一起——一个跟着一个，零零散散地走到了海滩上，两只小艇就在那儿等着我们。连这两只小船也留下了海盗们酗酒胡闹的痕迹，有一只的座板断了，两只船都糊满了泥浆，船里的水也没有舀出来。为了保证安全，这两只小船都得由我们带走；于是我们就把全部的人分成两股，各乘一艘，继续向停船的小港湾的中心前进。

我们在划着小艇前进的途中，大家就谈论着关于那张海图的话。图上那个红十字太大，当然不能明确指示方位；海图背面的说明，词句也有些模糊不清，你听听就知道。读者也许还记得，那上面是这样说的——

> 大树，望远镜山肩，方位是东北北偏北。
> 骷髅岛的方位是东南东偏东。
> 十英尺。

这就是说，有一棵大树是主要的目标。可是在我们的正前方，小港湾周围是一片二三百英尺高的台地，北面连接着望远镜山南边的山肩的斜坡，再往南，地势又向上隆起，直到最高处，就是名叫后桅山的陡峭嶙峋的顶峰。台地顶上到处长着茂密的、高矮不同的松树。各处都有一棵特种的高耸林中的大树，比四周的树足足高四五十英尺；究竟哪一棵是弗林特船长特指的"大树"，那就只好靠罗盘的指引，到了现场再来断定了。

尽管是这样，两只小船上的人却个个都在我们还没有划到半路的时候，就选定自己所喜欢的一棵作为特定的目

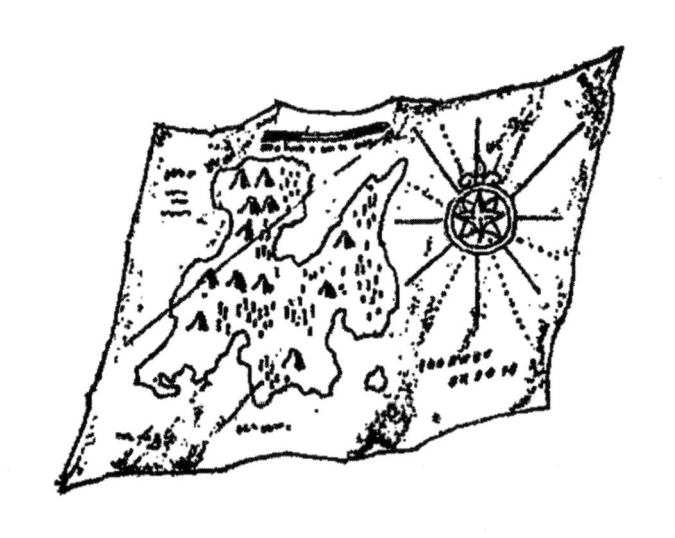

标；朗·约翰却只耸耸肩膀，叫大家先等一等，且待到了那儿的时候再说。

遵照西尔弗的指示，我们轻轻地划着桨，以免过早地把水手们累坏。划完了相当长的路程，我们就在第二条小河的河口登岸了，这条小河是从望远镜山上两边长着树林的一条缺口中奔流下来的。我们从那儿向左拐弯，便开始向台地的斜坡上攀登。

从刚往山坡上爬的时候起，就有一片泥泞的地段和一些密集而杂乱的沼地草木，大大地阻碍了我们的进程。可是山势渐渐陡峭起来，脚下便成了石地，山上的树木也变了种，长得比较疏朗了。我们现在走近的地方实在是这个岛上最令人愉快的一部分。一片浓郁的金雀花和许多开花的灌木丛几乎完全代替了下面的杂草。青翠的肉豆蔻树丛中到处点缀着一些松树的红树干和广阔的树荫，前者的香味和松树的清香混合起来。再则空气也很新鲜，使人感到清爽；这在阳光直射之下，给我们带来惊人的舒适。

这一伙人分散开来，排成扇形，一面大声叫嚷，一面来回蹦跳。大约在这个队伍的正中，西尔弗和我跟上来，和其余的人有一段距离——我被绳索拴着，他在滑溜的石子中间艰难地往上爬，累得气喘吁吁。实际上，我不得不随时搀他一把，否则他就会滑倒，翻身跌落到山下去了。

我们这样前进了大约半英里，快到台地顶上的时候，忽然听到走在左边最前头的那个人大声喊叫起来，似乎是有些惊骇。他一连发出几次喊声，其余的人便往他那边跑去。

"他不可能找到了那份财宝，"老摩根从右边在我们身旁急匆匆地跑过去，说道，"因为那是山顶上呢。"

果然，我们也到达那个地点的时候，便发现一幅完全不同的情景。在一棵相当高大的松树底下，有一副人体骷髅躺在地上，还有几块衣服的碎片。它身上缠绕着一根青藤，一部分小块的骨头甚至被藤子掀起，露出在外面。我相信每个人都在心头打了一阵寒战。

"他是个海员，"乔治·莫利比别人较为大胆，他走到近处，察看那些布片，一面说道，"这的确是海员服的好布呢。"

"是呀，是呀，"西尔弗说道，"大概是不错，我估计你不会打算在这儿找到一位牧师吧。可是这副骨头就像这样躺在这儿，究竟是怎么回事呢？这不像是原来的样子。"

果然，再看一眼，就不可能使人想到这具尸骨是符合自然的姿势。那个人要不是骨头有些搞乱了的话（这也许是因为鸟儿啄食尸肉，或是长得很慢的青藤渐渐缠绕尸骨的结果），原是挺直地躺着的——他的脚指着一个方向，双手却像一个跳水的人那样，举在头顶上，恰恰指着相反的方向。

"我这不中用的脑子里倒是有了一个念头，"西尔弗说道，"这儿有罗盘，那边是骷髅岛的顶端，就像一颗牙齿似的突出在上面。你们就照这些骨头的线路测测方位，好吗？"

方位测过了。尸骨正对着那个岛的方向，罗盘针正指着东南东再偏东。

"我就是这样估计的，"船上厨师说道，"这就是个指针。正对着北极星的方向，财宝就在那儿。可是，天哪，我一想起弗林特，真叫人心里发冷呢。这又是他的把戏，准没错。他和这六个伙伴来到这儿；他杀了他们，一个不留，他把这个尸首拉到这儿，照罗盘摆好位置，真见鬼！这副骨头很长，头发原是黄的。唉，这大概是阿拉代斯吧。你还记得阿拉代斯吗，汤姆·摩根？"

"记得，记得，"摩根回答道，"我记得他，他欠了我的钱，真的，还把我的刀带上岸来了。"

"说到刀子嘛，"另一个人说，"咱们干吗不找找他的刀呢？

弗林特不是掏海员的腰包那种人；我看鸟儿也不会动那把刀子。"

"天哪，这是实话。"西尔弗大声说道。

"这儿什么也没留下，"莫利还在骨头当中摸索着，一面说道，"没有铜板，也没有烟盒。我看不像原来的样子。"

"不像，天哪，确实不像，"西尔弗表示同意，"不像原来的样子，也不怎么好看，你说是不是？我的天哪！伙计们，弗林特如果还活着，你我在这个鬼地方可是挺危险的。他们当初是六个人，咱们也是六个；现在他们都变成骨头了。"

"我亲眼看见他和这几个倒霉蛋一同死了，"摩根说，"毕利欺骗了我。他躺在那儿，眼睛上盖着铜钱。"

"死了——唉，他肯定是死了，见阎王去了。"头上捆着绷带的那个汉子说道，"可是如果有鬼出来走动，那准是弗林特的。狠心肠的人哪，可是弗林特也没得到好死，真的！"

"唉，他确实没得到好死，"另一个人说，"他一会儿大发雷霆，一会儿叫人给他拿酒，一会儿又唱歌。伙计们，他唱的只有《十五条好汉》这支歌；我老实对你们说，后来我再也不爱听这支歌了。天气挺热，窗户是开着的；我听见他的歌声从里面传出来，听得清清楚楚——可是死神已经在召唤他了。"

"算了，算了，"西尔弗说道，"别再唠叨这些了。他已经死了，他是不会走动的，这我总知道；至少白天他不会走动，没错儿。'忧能丧生。'快往前赶路，去找那些都布隆吧。"

我们当然动身了；可是尽管太阳晒得厉害，光线很强，海盗们却再也不分散着跑步，也不在树林里叫嚷了；大家都并肩紧靠在一起，低声地说话。那个死了的海盗把他们的心灵缠住了。

第32章

探宝——树林中的声音

一半由于这种恐惧心理的影响,一半因为要让西尔弗和有病的伙伴休息休息,全队的人在攀登到坡顶的时候,马上就坐下来了。

那块台地稍向西边倾斜,因此我们歇脚的地方便可以在左右两边都看到广阔的景色。我们从树梢上往前望去,便看到森林海岬边缘上拍岸的海浪;朝后面看,我们不仅俯视着停船的小湾和骷髅岛,而且还在东方看到沙嘴和东岸的低地外面有一大片开阔的海面。在我们头上的正上方,望远镜山高耸着,有的地方长着稀疏的松树,有些地方是黑色的巉岩。除了四面八方传来的远处的涛声和灌木丛中无数虫类的鸣声之外,听不到别的声音。既看不到人,也看不到海上的船帆。单只那一片广阔的眼界就增添了孤寂的感觉。

西尔弗坐在那儿,用罗盘测量了一下方位。

"一共有三棵'大树',"他说道,"大约都在正对着骷髅岛的一条直线上。'望远镜山肩',我猜就是指的下面那个地点。现在想去探宝，那简直是毫不费劲的了。我倒是想先吃了午饭再去呢。"

"我还不大想吃，"摩根气呼呼地说，"一想起弗林特——我觉得那真是——把我气饱了。"

"啊，算了吧，我的孩子，你要谢天谢地，他已经死了。"西尔弗说。

"他真是个恶鬼，"另一个海盗打了个冷战，大声说道，"他那张发青的脸，太吓人了！"

"那是喝酒喝成那样的，"莫利插嘴道，"发青！我看他确实是发青。这话说得对。"

自从他们发现了那具尸骨，想起了一连串的事情以后，他们说话的声音就越来越低；这时候几乎是变成耳语了，所以他们谈话的声音对林中的寂静并没有什么干扰。突然间，我们前面的树林当中传来了一阵微弱的、颤抖的尖声，唱着那有名的调子和歌词：

　　十五条好汉同在死人箱上——
　　哟嗬嗬，快喝一瓶酒！

我从来没有见过什么人比这些海盗更容易受恐惧心理的感染。他们六个人的脸上好像着了魔似的，全都变得惨白，有几个人跳起身来，还有人紧紧地揪住别人；摩根趴在地上。

"这是弗林特,我的——!"莫利大声说道。

这支歌像开始的时候一样,突然停止了——你简直会说,是一个音符还没唱完就中断了,仿佛是有人用手捂住了唱歌人的嘴似的。歌声穿过青葱的树梢上晴朗的碧空,从远处传来,我觉得它是轻快悦耳的;可是这阵歌声对我的同伴们的影响却是少见的。

"喂,"西尔弗用他那灰色的嘴唇吃力地吐出这个字来,接着说道,"这样可不行。大伙儿准备一起走吧。这可真是个怪事,我听不出这是谁的声音,可是这准是有人在搞恶作剧——这个人还是活着的人呢,准没错儿。"

他一面这么说着,也就恢复了勇气,脸上也有了一点血色。其余的人也开始倾听他这番鼓励的话,心神渐渐安定下来。正在这时候,那同样的声音又大嚷起来——这回不是唱歌,而是远处发出的微弱的呼喊声,这呼声从望远镜山的岩隙中传来的回声更加微弱了。

"达贝·麦格劳①!"那呼声是哀求——"哀求"二字最能形容那个声音——"达贝·麦格劳!达贝·麦格劳!"那声音一次、一次又一次地喊着;然后嗓门儿稍大了一点儿,又喊道:"到后舱去拿酒来,达贝!"还有一句骂人的话,我就不说了。

海盗们直愣愣地睁大了眼睛,站在原地,一动不动。

---

① 弗林特手下的一个小厮。

那阵喊声消失了很久之后，他们还是不声不响地瞪着眼睛望着前面，吓得要命。

"这肯定是他！"有个人喘着气说道，"咱们走吧。"

"这是他最后说的话，"摩根哀叹地说道，"是他在人间最后说的话。"

狄克把他的《圣经》拿出来，流利地做着祷告。他在出海加入贼帮以前，原是很有教养的。

西尔弗却还是不甘示弱。我听得见他的牙齿碰得咔嗒咔嗒地响，可他还是没有绝望。

"在这岛上谁也没听说过达贝，"他低声说道，"除了咱们这几个人，谁也没听到过。"然后他又鼓足了劲，大声说道："伙计们，我一定要去把这份财宝拿到手，不管是人是鬼，都挡不住我。弗林特在世的时候，我从来就不怕他；对天发誓，他成了鬼，我也得和他较量较量。离这儿还不到四分之一英里的地方，就有七十万镑的财宝。哪会有一个海上英雄打退堂鼓，为了一个脸色阴沉的醉鬼海员，就撂下这么多钱财不要——何况他已经死了呢？"

可是他手下那些人却始终没有恢复勇气的表示；反而因为听到他说的那些胆大包天的话，更加恐惧了。

"别说了吧，约翰！"莫利说，"你可别得罪鬼神呀。"

其余的人都吓得要命，不敢搭话。他们要是敢跑开的话，那就会各自溜掉；可是恐惧的心理使他们靠拢在一起，也使他们紧靠约翰,仿佛是他的胆量救了他们似的。他却与众不同,已经把他的泄气劲儿强压下去了。

"鬼神吗?哼,也许是吧,"他说道,"可是有一件事我还不明白。刚才咱们听到了回声。可是谁也没见过有影子的鬼;那么,请问,他说话怎么会有回声呢?这总该是不近情理的事吧?"

他讲的这个道理对我是没有说服力的。可是你简直摸不透什么话能对迷信的人起作用。使我惊奇的是,乔治·莫利居然大大地消除了恐怖的心理。

"咦,这话有理,"他说,"你毕竟是有头脑的,约翰,没错儿。伙计们,转舵吧!我看咱们这伙人都搞错了。咱们得想一想,我本来也认为那倒的确像是弗林特的声音,可是咱们听得不大清楚,又像是根本就不像他的声音。现在仔细一想,那倒像是另外一个什么人的声音——好像是——"

"我的天哪,贝恩·根!"西尔弗大声吼道。

"哎,果真是,"摩根猛一跳,跪在地上,大声说道,"贝恩·根,的确是!"

"这可没什么两样,是不是?"狄克问道,"贝恩·根并不是在这儿活着,他和弗林特一样嘛。"

可是年纪较大的人一听这话,却都表示看不起的神气。

"嗐,谁也不把贝恩·根放在眼里,"莫利大声说道,"不管他是死是活,反正没人把他放在眼里。"

大伙儿的精神都恢复过来了,脸上又有了血色,这可真是了不起。不久他们就在一起聊天,有时候又听一听;过了不大工夫,听不见再有什么声音,他们便扛起工具,重新前进;莫利拿着西尔弗的罗盘在前头引路,使大伙儿都对准骷髅岛的方向走。他的话说得对:不管贝恩·根是死是活,谁也不把他放在眼里。

只有狄克仍旧拿着他那本《圣经》,一面往前走,一面用恐惧的眼光向四面张望。可是他发现没有人同情他,西尔弗甚至说他太胆小,拿他取笑。

"我告诉过你,"他说,"我告诉过你,你把《圣经》弄坏了。连用来发誓都不灵,你想鬼神还会把它当回事吗?毫无用处!"他弹一弹他的粗大手指,拄着拐棍停了一会儿。

可是狄克却得不到安慰;事实上我不久就看得很清楚,这孩子害起病来了;太阳太毒,他又太累,又受了惊,这么一来,利弗西大夫预先诊断的热病就显然在这孩子身上迅速发作了。

我们在山顶上走着,倒是很开阔,很痛快。我们的路稍微有点儿下坡的趋势,我已经说过,因为那块台地是向西倾斜的。大大小小的松树都长得很稀疏:连肉豆蔻树和杜鹃花的树桩子当中都有很宽的空地在炙热的阳光中曝晒着。我们在岛上穿过,大致是往西北方前进;我们一方面离望远镜山肩下面越来越近,另一方面,看到西边海湾的海面越来越广阔,那就是我曾经在小独木舟上漂来荡去的地方。

我们到达了第一棵大树底下,量过方位,证明那不是我们要找的目标。第二棵也是一样。第三棵高耸空中，树梢离下面的灌木丛将近二百英尺；那是个树中的巨人，红皮的树干有一座乡村小房子那么大，周围的树荫足够一个连队在底下演习。它从东西两面的海上看去，都很显眼，海图上可以把它做个记号，作为航行的标志。

可是最使我的伙伴们感兴趣的，并不是这棵树的高大，而是在于靠它就能知道，七十万镑财宝就在它那广阔的树荫底下某个地方埋着。他们更走近那儿的时候，一想到这些钱财，原来的恐惧就被贪欲吞没了。他们的眼睛闪射出炽热的光来，头脑发热，脚步也越来越轻快了；全部的心思都贯注在这笔财富上，大家都想一辈子过挥霍无度的享乐生活，这个命运就在那儿等着他们，人人都有一份。

西尔弗拄着拐棍跳动着，嘴里老在嘟哝，他的鼻孔突出，直是翕动；苍蝇落在他那张炙热和发亮的脸上的时候，他就像疯子似的大骂；他把那根拴着我的绳子拼命使劲地拽，还随时用吓人的眼光瞪着我。他当然不要为了掩饰他的心事而操心，我却能看得一清二楚。在他马上就要走到那份财宝跟前的时候，他把别的事情都忘了；他的诺言和大夫的警告都成了过去的事情。我估计毫无疑问，他一心只想把那份财宝弄到手，趁着黑夜找到"希士潘纽拉"号，登上船去，他会把岛上的每个人都杀掉，带着罪恶和财宝，扬帆而去，这是他早就打定主意要干的事。

我被这些恐怖的念头搞得心神不安,也就很难跟上那些寻宝的人们快跑的脚步。我一次又一次跌倒了;每逢这种时候,西尔弗就粗暴地猛拽手中的绳子,并向我投来凶神恶煞的目光。狄克落在我们后面,现在他已经赶到了队伍的末尾,热病越来越厉害,他便独自一面祈祷,一面咒骂。这也增加了我的痛苦,最难受的是,我脑子里老是出现台地上曾经演出的那出惨剧的情景;当时那个脸色发青的凶恶的海盗头子就在那儿亲手砍杀了他的六个同伙,后来他终于在萨凡纳死去了,临死还唱着歌,叫嚷着要酒喝。这个小树丛现在非常平静,可是我想当初一定曾经有一阵阵的惨叫声在这儿回响;我虽然只是有这种想象,却还是相信自己听到了这种喊叫的声音。

我们终于到达了灌木丛的边缘。

"啊哈,伙计们,全到齐了!"莫利大声嚷道,最前面的人就跑起步来了。

忽然间，我们看见他们在不到十码距离的地方站住了。前面有人发出低声的惊呼。西尔弗加快了脚步，他使劲用拐棍戳着地面，像个着了魔的人一样，拼命往前赶；眨眼之间，他和我也突然停住了。

我们面前有一个大坑，那不是新近挖的，因为周围的土都塌下去了，坑底的草已经长出来了。坑里有一把折成两截的铁镐，还散置着几只货箱的木板。我看见这些木板当中，有一块上面打了烙铁的印记，那是"海象"号的船名——弗林特的船的名字。

一切都明白了，确凿无疑。那儿的地窖已经被人发现，盗窃一空了；那七十万镑的财产也无影无踪了！

第 33 章

匪首的末日

世界上从来没有见过这么天翻地覆的变化。那六个人个个都像是突然被打晕了似的。可是这个打击对西尔弗来说,却几乎是立刻就过去了。原来他就像一个赛马的骑手似的,全神贯注在那笔钱财上面。嘿,他在一秒钟内就放弃了那个主意;他的头脑清醒过来,火性子也控制住了,别人还没来得及弄清他们遭到的失望是怎么回事,他就改变计划了。

"吉姆,"他悄悄地说,"拿着这个,准备出乱子。"

他把一支双筒手枪交给我。

趁着这个时候,他不声不响地向北走去,只走了几步,就把我们俩和其余五个人分隔在那个土坑的两边了。然后他望了我一眼,点了点头,仿佛是说:"这可是个难得逃命的危险地方。"我心里也想到,确实是这样。这时候他显得十分亲善;我很厌恶这种反复无常的做法,因此我就禁不住低声说道:"原来你又转向了。"

他来不及回答。那伙海盗连骂带嚷,一个接着一个开始跳进坑里，用手指挖着，一面挖，一面把那些木板子乱扔。摩根找到了一块金币。他把它举起来，破口大骂了一阵。那是一块两几尼的金币，大伙儿一个个传递过去，看了一会儿。

"两几尼！"莫利把它向西尔弗晃了一下，大声吼道，"这就是你说的七十万镑呀，是不是？你倒是挺会找占便宜的机会呀，是不是？你干什么事都不会胡搞乱搞呀，你这昏头昏脑的大笨蛋！"

"再往下挖吧，小伙子们，"西尔弗用极为冷淡的傲慢态度说道，"你们还可以找到一些山核桃嘛，我看那倒是没什么奇怪的。"

"山核桃！"莫利尖声叫道，"伙计们，你们听见了吗？我告诉你们吧，那个人早就知道是这么回事。你瞧瞧他那副神气，就看得出这是明摆着的。"

"啊，莫利，"西尔弗说道，"你又要自充船长了吗？你这小子倒是爱管闲事呀，说实在的。"

这时候人人都支持莫利。他们开始从坑里爬上来，还回过头来用愤怒的眼光瞧一瞧西尔弗。有一点我看出来了，那是对我们有利的：他们都是从西尔弗的对面爬出去的。

嗐，我们就在那儿站着，两个人在一边，五个人在另一边，中间隔着那个坑，谁也没有足够的胆量，首先下手。西尔弗始终不动弹；他盯着他们，拄着拐棍站得挺直，还是像我过去看到的那副神气。他是有勇气的，没错儿。

后来莫利似乎是以为说几句话会使情况好转。

"伙计们,"他说道,"他们那边只有两个人;一个是那个一条腿的老家伙,他把咱们带到这儿来,叫咱们瞎胡闹一阵;另一个是那个小狗崽子,我恨不得挖掉他的心肝。好吧,伙计们——"

他正在举起手来,嗓门儿也放大了,显然是要领着那几个人冲过来。可是正在这时候——啪!啪!啪!——小树丛里发出来三响步枪。莫利头冲下栽倒在土坑里;头上系着绷带的那个人打了个旋儿,挺直身子往一边倒下了,他躺在地下死了,可是还在扭动着;其余那三个人转过身去,拼命地飞跑逃命了。

眨眼之间,朗·约翰已经用手枪朝那挣扎着的莫利放了两响;那个人在临死的苦痛中,仰面向他转动着眼珠子的时候,他说:"乔治,我看总算把你收拾掉了。"

在这同时,大夫、格雷和贝恩·根从肉豆蔻树丛里钻出来,同我们会合了,他们的枪筒里还冒着烟呢。

"往前走,"大夫喊道,"赶快跑,小伙子们。咱们得切断他们上小船的去路才行。"

于是我们就快步动身了,有时候是从深到胸部的树丛中穿过去的。

说实在的,西尔弗很想跟上我们走。他挂着拐棍跳动着,直到胸部的肌肉简直要炸了;那股劲头,连健康的人也赶不上;

我们就在那儿站着,两个人在一边,五个人在另一边,中间隔着那个坑,谁也没有足够的胆量,首先下手。

大夫也认为是这样。尽管如此，我们到达坡顶的时候，他却已经落在我们后面三十码，几乎连气都喘不过来了。

"大夫，"他喊道，"您往那边瞧瞧！别着急！"

确实是不用着急。我们可以看见那三个幸存的家伙在台地上比较开阔的地方，还在朝他们开溜的时候那个方向奔逃，一直往后桅山那边跑去。我们已经赶到了他们和小船之间的地方。因此我们就坐下来歇一口气，同时朗·约翰揩一揩脸上的汗，慢慢地赶上了我们。

"衷心地感谢您，大夫，"他说道，"我看你们来得太及时了，正好救了我和霍金斯。嘿，原来是你呀，贝恩·根！"他接着又说："啊，你真是个好人呢，准没错。"

"我确实是贝恩·根，不错。"这个被流放的人回答道，他尴尬地像一条鳗鱼似的扭动着身子。他停了好一会儿工夫，才又说道："你好，西尔弗先生。你会说，挺好，谢谢你。"

"贝恩，贝恩，"西尔弗嘟哝着说道，"你那么捉弄我，想起来真够呛啊。"

大夫派格雷回去，把那几个叛乱分子逃跑的时候丢下的一把铁镐取来；后来我们悠闲地往山下走，朝那两条小船所在的地方去的时候，大夫就简单地说明了事情的经过。这个故事使西尔弗感到浓厚的兴趣；原来贝恩·根这个有些像傻子似的被流放的汉子，从头到尾都是故事中的主角呢。

贝恩长期在这岛上孤独的游荡中，发现了那具骨架——把尸体身边的东西拿走的正是他;他把财宝找到了,挖掘出来(大坑里留下的那根断了的铁镐把儿就是他的);他把财宝扛在背上,从一棵高大的松树脚下一直到他在岛上的东北角上那座双峰的山上那个洞穴里,吃力地来回跑了好几趟。在"希士潘纽拉"号来到这里以前两个月,这些财宝已经在那儿安全地存放起来了。

在木寨遭到袭击的那天下午,大夫慢慢地探出了他的秘密以后,第二天早晨,他发现大帆船已经离开了停船的小湾,便去找西尔弗,把已经无用的海图交给他——还把贮存的食物也给了他一些,因为贝恩·根的山洞里贮存着许多自制的腌山羊肉——他什么都拿给了西尔弗,为的是找个机会,从木寨里安全地回到双峰山上;他在那儿既能避开瘴气,又可以保护那笔钱财。

"至于你呢,吉姆,"大夫说道,"你干的事很不合我的心意。我对那些认真尽职的人们,倒是尽力帮了忙。你既然不属于这种人,那能怪谁不照顾你呢?"

那天早晨,他想到他给那些叛乱分子安排的那场大失所望的可怕情景可能会使我受连累,便赶忙跑到山洞里,留下大老爷守护船长,领着格雷和贝恩·根一同动身,从岛上斜插过去,赶到那棵大松树附近守候着。可是不久他就发觉我们那伙人抢到他前面了,他就派飞毛腿贝恩·根单独向前跑去,尽量设法对付一下。这时候贝恩灵机一动,利用他过去的船友们的迷信心理，耍了一个花招。他做得很成功，格雷和大夫便乘机赶上前去，在探宝的一伙人来到以前，就已经埋伏好了。

"啊，"西尔弗说，"我幸亏把霍金斯带在身边。要不然你就会把我老约翰砍成碎块，毫不怜恤。"

"当然会那么干喽。"利弗西大夫兴致勃勃地回答道。

这当儿我们已经跑到那两只小艇的地方。大夫抡起铁镐，砸毁了一只小船，随后我们大伙儿一齐上了另一只船，绕着海边划到北湾去了。

这段路程大约有八九海里。西尔弗虽然已经差点累死了，却还是要划一支桨，像我们其余的人一样；我们随即就在平静的海面上轻快地前进了。不久我们就划出了海峡，绕过岛上的东南角；我们就是在四天以前把"希士潘纽拉"号拖到那儿去的。

我们经过双峰山的时候，看得见贝恩·根的山洞漆黑的洞口，有个人侧身倚着一支步枪站在旁边。那就是大老爷；我们向他挥动了一条手帕，欢呼了三声，西尔弗也和别人一样，热烈地一齐呼喊。

再往前划了三海里，正在北湾口内，我们所看到的可不就是在那儿独自漂荡着的"希士潘纽拉"号吗？最近一次上涨的潮水已经把它浮起来了。假如刮起大风，或是有一股强烈的海潮，像南边那个停泊处那样，我们就会再也找不到这艘大帆船了，或是发现它搁浅在无法移动的地方。幸好现在除了中桅帆破了一些之外，别处没有多大毛病。我们又备好了另一个锚，抛下了一英寻半的水里。我们全体再划着小艇绕到酒湾,那是离贝恩·根藏财宝的山洞最近的地方;然后格雷独自划着小艇回到"希士潘纽拉"号船上去过夜,担任守卫。

有一个斜坡从海滩上升到山洞口。大老爷在山顶上迎接我们。他对我很热情而和善,根本不提我的越轨行动,既没有表示责备,也没有表示赞赏。西尔弗恭恭敬敬地给他行了个礼,使他有些脸红了。

"约翰·西尔弗,"他说道,"你真是个地道的大坏蛋和骗子手——是个最可恶的骗子手呢,先生。他们叫我不要治你的罪。好吧,那么,我就饶了你。可是,老兄,那些死人会缠住你的脖子,像套上大磨石一般。"

"衷心感谢您,大老爷。"朗·约翰又敬了个礼,回答道。

"不许你向我道谢!"大老爷高声呵斥道,"我放过了你,是严重的失职。站远点。"

就在这时候,我们都走进洞里。那是个宽敞和通气的地方,里面有一股小泉水,一个清水池,上面长着蕨类植物。地面是沙土。斯摩莱特船长在一堆大火旁边躺着;在远处的一个角落里,我看见大堆大堆的钱币,还有砌成四边形的金条,闪烁在微弱的火光中。这就是弗林特的财宝;我们从老远到这儿来寻找它,已经有"希士潘纽拉"号船上来的十七条汉子断送了性命。过去为了积累这些财宝,究竟牺牲了多少人?造成了多少流血事件和悲伤?有多少船葬身海底?有多少人家破人亡？有多少可耻的事和谎言？多少残酷的暴行？也许没有哪一个在世的人能说得清楚。可是这岛上毕竟还有三个人——西尔弗、老摩根和贝恩·根——他们每个人都参加过这些暴行，每个人都曾经希望分享探宝的报酬，却都落了空。

"进来吧，吉姆，"船长说道，"你是个好孩子，挺有本事，吉姆；可是我想你我都不愿意再出海了。你生来就是我最喜欢的孩子，太可爱了。那是你吗，约翰·西尔弗？你怎么也上这儿来了，伙计？"

"我是回来效劳的，先生。"西尔弗回答道。

"啊。"船长只答应了这么一声，没说别的话。

那天夜里，我和所有的朋友们聚在一起，晚饭吃得多痛快啊；这顿饭是很丰盛的，有贝恩·根的腌山羊肉，还有从"希士潘纽拉"号船上带来的美味食物和一瓶老酒。我相信从来没有别的人比我们更快乐，更幸福。西尔弗也在场，他坐在后面，几乎是在火光照不到的地方，可是他大吃大喝，胃口挺好，需要什么东西的时候，马上就跳到前面去，甚至还悄悄地跟我们一起欢笑——还是像出海航行时那副温和、有礼和恭顺的海员的神气。

第34章

结 局

第二天清早,我们就开始工作,因为要把这样大量的财宝由陆路搬到海滩,要走将近一海里路,再由海滩到"希士潘纽拉"号,还得划三海里路程的小船;我们只有这几个劳动力,要干这么多活,是相当吃力的。留在岛上的三个家伙对我们而言并不使我们担多大的心;只要有一个人在山坡上放哨,就可以防备任何突然的袭击,再则据我们估计,他们对于打仗大概已经觉得吃够苦头了。

因此我们就兴致勃勃地把这个工作大干特干起来。格雷和贝恩·根驾着小船来来往往,其余的人在他们离开的时候,便把财宝堆集在海滩上。两根大金条用绳子系着,背在肩上,就足够一个大人的负荷量了——这样重的东西,大人背着也只能慢慢地走。我呢,因为扛东西没有什么用处,便整天在洞里忙个不停,把那些铸成了钱币的财宝装进食品袋里。

以钱币的种类之多而论,这笔财富的搜集量是很稀罕的,与毕尔·波恩斯收藏的财宝相似,不过数量还大得多,钱币的种类也多得多，因此我把各种钱币分类存放，便感到从来没有感到过的愉快。有英国钱、法国钱、西班牙币、葡萄牙币，有英国的乔治金币，有法国的路易金币、西班牙的都布隆、英国的几尼、葡萄牙的莫多列、威尼斯的赛昆，钱币上有最近一百年来欧洲各国君主的肖像，还有稀奇古怪的东方钱币，上面铸着一束一束的带子或是小片的蜘蛛网一般的花纹，有圆形或是方形的钱币，还有中央钻了孔的钱币，好像是可以穿成一串，戴在脖子上似的——我看全世界的每一种钱币都包括在这一批财宝当中了。至于说钱币的数目，我相信那就像秋天的落叶一般。因此我把它们分类存放，背都弯得发酸，手指也因忙着拣选这些钱币而疼痛了。

这项工作一天又一天继续进行着；每天晚上都有一批财物在船上收藏起来了，可是另一批又等着第二天处理；在这段时间里，我们一直没有听到关于那三个幸存的叛乱分子的消息。

后来——我想是第三天夜里吧——大夫和我正在山坡上散步，那地方俯视着岛上的低地，这时候从下面一片黑暗中，有一阵夹杂着惨叫和歌唱的声音随风飘过来。我们只听到几声，随即就恢复了原来的寂静。"老天饶恕他们吧，"大夫说，"这准是那些叛乱分子！"

"全都喝醉了，先生。"西尔弗从我们背后插嘴道。

我可以说，西尔弗是完全得到了自由的。他虽然每天都得碰几次钉子，却似乎是觉得他自己又成了一个具有特殊地位和十分亲近的随从了。他遭到蔑视，总是满不在乎，应付得挺好；他始终百折不挠地保持着殷勤的态度，对大家都百般讨好，这实在是显得特别突出的。可是我觉得谁也看他不起，简直把他当作一只狗看待；只有贝恩·根对这位原来的舵手还怕得要命，还有我觉得他毕竟做过一点值得我感谢的事情；虽然尽管如此，我还是有理由比别人更加容易想到他的坏处，因为我亲眼看到他在台地上又想搞一套阴谋诡计。因此大夫回答他的口气也就是相当粗气的。

"不是醉了，就是发了疯，乱嚷乱叫。"他说道。

"您说得对，先生，"西尔弗回答道，"不管是怎么回事，这对你我来说，反正都是一样。"

"我想你可能不会指望我把你叫作一个有心肝的人，"大夫冷笑地回答道，"所以我的心情是会使你吃惊的，西尔弗先生。可是如果我准知道他们发了疯——我确实知道他们当中至少有一个是让热病缠住了——那我就要离开这个宿营地，冒着生命危险，用我的医术帮帮他们的忙。"

"请您原谅，先生，您这可打错了主意。"西尔弗说，"您会丧失宝贵的生命，这可是实话。现在我在您这一边，心连心呢；我不愿意看到咱们这班人削弱力量，更不用说让您自己去牺牲了，因为我知道您对我的恩德。可是下面那些人，他们是不讲信用的——不，他们根本就不愿意讲信用呢；再则他们不会相信您是讲信用的。"

"不,"大夫说道,"你倒是个讲信用的人,这你自己该知道吧。"

噢,这大概就是我们听到的关于那三个海盗最后的消息。只有一次,我们听见老远的一声枪响,估计那是他们在打猎。我们开了个会,决定只好把他们甩在这个岛上。我说实话,这是使贝恩·根非常高兴的,格雷也极为赞成。我们留下了大量的火药和枪弹,还有大部分的腌山羊肉、一些药品、几种别的日用品,还有工具、衣服和一张多余的船帆、一两英寻的绳子,另外还按照大夫的特别嘱咐,给他们留下了许多烟叶,作为一份慷慨的礼物。

这大概就是我们在这个岛上所做的最后一桩事情。在这以前,我们已经把财宝收藏好了,还在船上装够了淡水,把剩下的山羊肉也带着,准备应付困难。最后在一个晴朗的早晨,我们就使出全部的气力,勉强起了锚,大船便在北湾扬帆开航,还挂起了当初船长在木寨和匪徒奋战的时候升起过的那面旗子。

不久,事实才向我们证明,那三个家伙一定是一直在仔细侦察着我们,比我们所想到的还要认真一些。因为我们通过海峡的狭窄航道的时候,必须紧靠南岸的一个海角行驶,就在那儿看见他们三个一齐跪在一个沙嘴上,高举双手向我们哀求。我想我们当时要把他们甩在那种可怜的境地,大家心里都很难受;可是我们不能再冒危险,让另一次叛乱发生;如果把他们

我们通过海峡的狭窄航道的时候，必须紧靠南岸的一个海角行驶，就在那儿看见他们三个一齐跪在一个沙嘴上，高举双手向我们哀求。

带回去受绞刑，那又未免是一种残酷的仁慈了。大夫向他们高声呼喊，告诉他们，我们给他们留下了食物和弹药等等，还告诉他们到什么地方去找那些东西。可是他们继续喊着我们的名字，请求我们看在上帝面上，发发善心，不要让他们死在这种地方。

最后他们当中有一个人——我不知道那是谁——看到我们的船还在往前行驶，很快就会听不到喊声了，他就大吼一声，跳起身来，举起步枪向我们这边发射，子弹在西尔弗头上嗖嗖地掠过，射穿了主帆。

从那以后，我们就躲避在船舷里面，后来我再往外探望的时候，他们已经离开那个沙嘴，不见踪影了。沙嘴本身也因距离越来越远，几乎在视线中消失了。这至少是这个插曲的终结，在中午以前，我就欢天喜地地发现金银岛上最高的一座岩石已经落入蔚蓝的海面底下去了。

我们的人手太少，因此船上的每一个人都不得不出一把力——只有船长躺在船尾的褥垫上，发出命令；因为他的伤势虽然已经大见好转，他却还是需要静养。我们把船头驶向西班牙属地的美洲最近的港口，因为我们如果不增添水手，再也不能冒险航行归国了。可是情况很不利，既有狂风的阻力，又刮起了两阵大风，因此我们还没有到达港口，就已经累得筋疲力尽了。

正在日落时分，我们在一个风光秀丽、陆地环抱的港湾抛锚了。立刻就有许多岸边的小船满载着黑人、墨西哥人和混血种人，围拢来叫卖水果和蔬菜，或是等着我们扔下钱币，让他们潜入水中去捞取。我们看到那么多和善的面孔（特别是黑人的脸），尝到了美味的热带水果，再加上还有城市里开始发出的灯光，这幅情景和我们在岛上度过的黑暗和血腥生活相形之下，显得十分迷人。大夫和大老爷带着我一同上岸，消磨了那一夜的前半部。他们在这儿遇到一位英国军舰的舰长，和他谈了话，上了他的军舰。总而言之，我们过得很痛快，直到我们回到"希士潘纽拉"号船旁的时候，已经天亮了。

贝恩·根独自在甲板上，我们刚一上船，他脸上显出异常尴尬的神色，向我们供认了一件事情。西尔弗溜走了。几个钟头以前，贝恩默许他乘着一只岸边的小船逃掉了；现在他向我们保证，他之所以这样做，只是为了保全我们的性命；假使"那个独腿的人留在船上"，我们肯定是要丧命的。可是事情并不这样简单。那位船上厨师并不是空手而去的。他趁着无人注意的时候，戳开了一块舱壁，拿走了一袋约值三四百几尼的钱币，作为他继续流浪的花销。

我认为我们只付出这么小的代价，就摆脱了他，大家都是很高兴的。

现在我少说啰嗦话吧，我们雇用了几个帮手到船上来，顺利地完成了回国的航程；"希士潘纽拉"号到达布利斯托的时候，正赶上布兰德里先生打算装备它的伴船去接应我们。乘"希士潘纽拉"号出航的人只有五个乘着它回来了。"其余的人都被酒和魔鬼送了命",这是报应。不过我们的遭遇当然还不像人家歌唱的另一条船那么倒霉。

七十五人同出海，
只有一个得生还。

我们大家都分得了大量的钱财，各人的性格不同，有人把这些钱花得很妥当，有人却胡乱花掉了。斯摩莱特船长现在退出了航海生涯。格雷却不但把他的钱储蓄起来，还突然有了上进的愿望，钻研了他的专业。现在他是一艘装备齐全的大船的大副和股份船主；他已经结了婚，有了儿女。至于贝恩·根呢，他分到一千镑，三个星期之内就花光了，也许是赌钱输光的吧。说准确一点儿，只过了十九天，他就一无所有了；因为到了第二十天，他又恢复了原来的乞丐生活。后来有人叫他给一个宿舍看门，这正是他在岛上表示不想干的差事。他至今还活着，而且和那些乡下孩子挺要好，只不过人家爱把他当作一个开玩笑的靶子罢了；每逢礼拜天或是圣徒的节日，他还是教堂里的一个有名歌手呢。

我们再也没有听到过西尔弗的消息。这个可怕的独腿水手终于永远和我的生活完全断绝关系了。可是我估计他大概又和那个黑人老婆混在一起了，也许还跟她和"弗林特船长"一同过得挺舒服呢。我倒是想，但愿如此，因为他离开了人间，就难得有过好日子的机会了。

据我所知，那些银块和武器，至今还在弗林特埋藏的地方；这些东西当然是永远与我无关了。即使用几头牛套上拉大马车的绳子来拽我，也休想把我再拖到那个万恶的岛上去；我在最可怕的噩梦中总是听到海浪冲击海岸的巨大轰鸣声。有时我会在床上从梦中惊醒，突然坐起来，"弗林特船长"大叫"八字银角！八字银角！"的喊声还在我耳边回响。